New TOEIC Model Test 4 詳解

PART 1

1.（**C**）(A) 兩個女孩在跳舞。
　　　(B) 他們在沙灘上。
　　　(C) <u>正在下雨。</u>
　　　(D) 地上有雪。

2.（**A**）(A) <u>他們正要搭火車。</u>
　　　(B) 他們在玩遊戲。
　　　(C) 他們在看電視。
　　　(D) 他們在吃午餐。
　　　* board〔bord〕*v.* 搭（火車、船、飛機等）

3.（**A**）(A) <u>他們在屋頂上。</u>
　　　(B) 他們在船上。
　　　(C) 他們在圖書館裡。
　　　(D) 他們在銀行。
　　　* rooftop〔'ruf,tap〕*n.* 屋頂

4.（**D**）(A) 他正在上網。
　　　(B) 他正在影印。
　　　(C) 他正在讀書。
　　　(D) <u>他正趴在書桌上睡覺。</u>
　　　* *surf the Internet* 上網
　　　　make copies 影印

5.（**D**）(A) 這位女孩戴著一條圍巾。
　　　(B) 這位男孩穿著一件外套。
　　　(C) 這位男士戴著一頂帽子。
　　　(D) <u>這位女士戴著一副墨鏡。</u>

* scarf〔skɑrf〕*n.* 圍巾　　sunglasses〔'sʌnͺglæsɪz〕*n. pl.* 墨鏡

6.（**D**）(A) 他們在打架。
　　　　(B) 他們在走路。
　　　　(C) 他們在吃東西。
　　　　(D) <u>他們在親吻。</u>

　　　　* fight〔faɪt〕*v.* 打架

PART 2 詳解（💿 Track 2-02）

7.（**B**）需要親自去拿午餐會的外燴嗎？
　　　　(A) 總共十五美元。
　　　　(B) <u>不用，已經送來了。</u>
　　　　(C) 那個時候雜貨店已經關了。

　　　　* catering〔'ketərɪŋ〕*n.* 外燴　　luncheon〔'lʌntʃən〕*n.* 午餐會
　　　　deliver〔dɪ'lɪvɚ〕*v.* 遞送　　grocery〔'grosərɪ〕*n.* 雜貨（店）

8.（**A**）我的雜誌訂閱不會自動更新嗎？
　　　　(A) <u>會，除非你取消。</u>
　　　　(B) 文章在第二十八頁。
　　　　(C) 她是新的訂閱者。

　　　　* subscription〔səb'skrɪpʃən〕*n.* 訂閱　　renew〔rɪ'nju〕*v.* 更新
　　　　automatically〔ͺɔtə'mætɪkļɪ〕*adv.* 自動地
　　　　unless〔ən'lɛs〕*conj.* 除非　　cancel〔'kænsļ〕*v.* 取消
　　　　subscriber〔səb'skraɪbɚ〕*n.* 訂閱者

9.（**B**）席琳什麼時候會把會議時程表寄出去？
　　　　(A) 通常是用電子郵件。
　　　　(B) <u>今天下午某個時候。</u>
　　　　(C) 只是爲了兼職的工作。

　　　　* schedule〔'skɛdʒul〕*n.* 時程表　　*part-time work* 兼職工作

10. (**B**) 艾迪把公司新總部的藍圖放到哪裡去了？

(A) 它會建築在畫圈區域裡的一塊空地。

(B) 他現在正把它拿給董事會看。

(C) 一個知名的建築公司。

* blueprint〔'blu,prɪnt〕*n.* 藍圖　　firm〔fɜm〕*n.* 公司
headquarters〔'hɛd'kwɔrtəz〕*n.* 總部　　lot〔lɑt〕*n.* 土地
board of directors 董事會
architecture〔'ɑrkə,tɛktʃə〕*n.* 建築

11. (**B**) 我要把我的安全訓練證書給誰看呢？

(A) 那是個十二個小時的課程。

(B) 給你的專案經理。

(C) 因為這個計畫結束了。

* certificate〔sə'tɪfəkɪt〕*n.* 證書　　course〔kors〕*n.* 課程
project manager 專案經理　　program〔'prog ræm〕*n.* 計畫

12. (**A**) 你明天能幫我去市中心發傳單嗎？

(A) 你需要發送出去多少張？

(B) 河谷路上的一棟辦公大樓。

(C) 是的，飛機編號為 262。

* distribute〔dɪ'strɪbjut〕*v.* 分配；發送
flyer〔'flaɪə〕*n.* 傳單
downtown〔'daʊn,taʊn〕*n.* 市中心　　***hand out*** 發送
office building 辦公大樓　　drive〔draɪv〕*n.* 路

13. (**C**) 你能給我看看上個星期的業績嗎？

(A) 有些新的商品。

(B) 這兩個方式都不錯。

(C) 我幫你印一份。

* ***sales figures*** 業績　　merchandise〔'mɜtʃən,daɪz〕*n.* 商品

14. (**C**) 我們應該把印表機的零件放在一個箱子還是分開的箱子？

    (A) 我們必須搭不同的飛機。

    (B) 六號和七號卸貨區。

    (C) <u>應該要放在好幾個箱子裡。</u>

    * copier (ˈkɑpɪɚ) *n.* 印表機   part (pɑrt) *n.* 零件
    separate (ˈsɛprɪt) *adj.* 分開的   ***loading dock*** 卸貨區
    go (go) *v.* (東西) 納入；放置
    multiple (ˈmʌltəpḷ) *adj.* 好幾個的

15. (**A**) 我明天是否應該交出我的旅行費用表？

    (A) <u>下個星期才截止。</u>

    (B) 告訴我你什麼時候會到。

    (C) 因為票相當貴。

    * submit (səbˈmɪt) *v.* 繳交   expense (ɪkˈspɛns) *n.* 費用
    form (fɔrm) *n.* 表格   due (dju) *adj.* 截止的

16. (**C**) 為什麼推薦信沒有附在履歷上？

    (A) 明天下午。

    (B) 是的，在面試結束後。

    (C) <u>應徵者沒有提供。</u>

    * ***letter of reference*** 推薦信   attach (əˈtætʃ) *v.* 附上
    resume (ˌrɛzjuˈme) *n.* 履歷
    conclusion (kənˈkluʒən) *n.* 結論；結束
    interview (ˈɪntɚˌvju) *v.* 面試
    applicant (ˈæpləkən) *n.* 應徵者；申請者

17. (**C**) 到機場的接駁車多久一班？

    (A) 不，我不常旅行。

    (B) 費用滿合理的。

    (C) <u>每十五分鐘。</u>

    * shuttle (ˈʃʌtḷ) *n.* 接駁車   fare (fɛr) *n.* 費用
    reasonable (ˈriznəbḷ) *adj.* 合理的

18. (**C**) 你今天工作到晚上九點嗎？

(A) 今天早上的路上交通狀況很糟糕。

(B) 我最近去那裡吃過。

(C) <u>對，許多人還在度假。</u>

* recently〔'risṇtlı〕 *adv.* 最近　　***on vacation*** 度假中

19. (**B**) 我們今年要派誰去參加大會？

(A) 大概距離現在一個月。

(B) <u>珍妮和大衛。</u>

(C) 去匹茲堡的機票。

* convention〔kən'vɛnʃən〕 *n.* 大會
Pittsburgh〔'pɪtsbɝg〕 *n.* 匹茲堡【位於美國賓州】

20. (**A**) 昨天比爾不是請病假嗎？

(A) <u>沒有，他在客戶那邊。</u>

(B) 是的，我們要去外面。

(C) 我覺得好一點了，謝謝。

* ***call in sick*** 請病假　　client〔'klaɪənt〕 *n.* 客戶

21. (**A**) 你應該要在美東銀行開一個戶頭。

(A) <u>我在那裡已經有戶頭了。</u>

(B) 我上次看的時候，在你的桌上。

(C) 他不是顧客。

* account〔ə'kaʊnt〕 *n.* 戶頭　　customer〔'kʌstəmɚ〕 *n.* 顧客

22. (**A**) 郵局在這條街上，不是嗎？

(A) <u>我認為是如此。</u>

(B) 當然，我很開心這麼做。

(C) 一個有關西班牙陶器的展覽。

* exhibit〔ɪg'zɪbɪt〕 *n.* 展覽　　pottery〔'pɑtərɪ〕 *n.* 陶器

23. (**B**) 你要去下個月的創新研討會嗎？

(A) 芝加哥，我想。

(B) <u>要，我很期待。</u>

(C) 社群媒體。

* innovation〔͵ɪnə`veʃən〕*n.* 創新

　seminar〔`sɛmə͵nɑr〕*n.* 研討會　　 ***social media*** 社群媒體

24. (**C**) 你爲什麼不請隆納德幫你呢？

(A) 非常有幫助。

(B) 不，我忘了。

(C) <u>他現在正在做銷售訪問。</u>

* ***give*** *sb.* ***a hand*** 幫忙　　***sales call*** 銷售訪問

25. (**B**) 你希望我把這些桌子收到哪裡？

(A) 夠二十個人用。

(B) <u>請把它們堆起來、靠在後面的牆上。</u>

(C) 最晚明天早上。

* store〔stor〕*v.* 儲存　　stack〔stæk〕*v.* 堆疊

26. (**B**) 你們店裡賣得最好的攝影機是哪一台？

(A) 它的攝錄品質很好。

(B) <u>今年的話，是 JP-400。</u>

(C) 你的相機可以裝進這個盒子。

* bestselling〔`bɛst`sɛlɪŋ〕*adj.* 暢銷的；賣得最好的

　high-quality〔`haɪ`kwɑlətɪ〕*adj.* 高品質的

　fit in 符合；裝進　　case〔kes〕*n.* 盒子；容器

27. (**A**) 你去哪聽說丹超市的特價活動？

(A) <u>報紙頭版有廣告。</u>

(B) 不好意思，她在講電話。

(C) 是的，它星期一都休息。

　　＊ sale〔sel〕*n.* 特價活動　　ad〔æd〕*n.* 廣告
　　on another line 在講電話；在接另一個電話

28.（**C**）梅根什麼時候會調整我們的旅遊行程？

(A) 只有替全職員工。

(B) 通常是用電子郵件。

(C) 她不是已經做好了嗎？

＊ adjust〔ə'dʒʌst〕*v.* 調整　　itinerary〔aɪ'tɪnə,rɛrɪ〕*n.* 行程
full-time employee 全職員工

29.（**C**）湯姆或是艾琳有申請副理的職位嗎？

(A) 這是一家全新的店。

(B) 當然，我需要幫忙。

(C) 不，他們倆個都沒有。

＊ *assistant manager* 副理　　position〔pə'zɪʃən〕*n.* 職位
brand-new〔'bræn'nju〕*adj.* 全新的
use some help 需要幫忙

30.（**C**）我們要怎麼從機場到會議中心？

(A) 距離機場二十分鐘。

(B) 顯然地，他們有場美好的旅行。

(C) 會有車帶我們過去。

＊ conference〔'kɑnfərəns〕*n.* 會議
apparently〔ə'pærəntlɪ〕*adv.* 顯然地

31.（**A**）你能幫我打給保養影印機的技師嗎？

(A) 我已經這麼做了。

(B) 他還沒回來。

(C) 在你桌上。

＊ technician〔tɛk'nɪʃən〕*n.* 技師　　service〔'sɝvɪs〕*v.* 保養維修
copier〔'kɑpɪɚ〕*n.* 影印機

PART 3 詳解 (Track 2-03)

Questions 32 through 34 refer to the following conversation.

男：嗨，我叫蘭迪・福爾肯斯，我打電話來是因爲我買了白金獵豹這
　　個星期六晚上的音樂會。聽說門票會在上個禮拜寄到我這，但是
　　我還沒收到。

女：嗯，福爾肯斯……。沒錯，依照我們的紀錄，我看到你買了五張
　　這個星期六演出的門票，但是基於某種原因，門票都還沒寄出。
　　我很抱歉。

男：嗯，還好我有打電話過來，我擔心門票被寄丟了。你覺得，如果
　　你們今天把門票寄出，我能來得及拿到嗎？

女：可能沒有辦法，畢竟音樂會再過幾天就要登場了，你表演當天直
　　接到劇院的售票口取票，應該比較好。

* platinum〔'plætnəm〕*n.* 白金　　cheetah〔'tʃitə〕*n.* 獵豹
　concert〔'kansɜt〕*n.* 音樂會　　record〔'rɛkəd〕*n.* 記錄
　order〔'ɔrdə〕*v.* 訂購　　performance〔pə'fɔrməns〕*n.* 表演
　apologize〔ə'palə,dʒaɪz〕*v.* 道歉
　in time 及時；來得及　　***box office*** 售票口

32.（**D**）男士爲什麼打電話來？
　　(A) 確認表演日期。　　　(B) 買音樂會門票。
　　(C) 換座位。　　　　　　(D) 確認訂票狀況。
　　* confirm〔kən'fɝm〕*v.* 確認
　　　location〔lo'keʃən〕*n.* 位置　　status〔'stetəs〕*n.* 狀況

33.（**C**）女士提到什麼問題？
　　(A) 帳號被關閉了。　　　(B) 活動延期。
　　(C) 有些票沒有被寄出。　(D) 送貨地址錯誤。

* event〔ɪˋvɛnt〕*n.* 活動　　postpone〔postˋpon〕*v.* 延期
  shipping address 送貨地址

34.(**D**) 女士提供什麼建議？

(A) 確認網站。　　　　　(B) 重新訂購。

(C) 使用不同的信用卡。　(D) <u>去售票口。</u>

* suggest〔səgˋdʒɛst〕*v.* 建議

Questions 35 through 37 refer to the following phone conversation.

女：嗨，我是 502 套房的莎倫・湯姆士，我想要預約頂樓的游泳池，
　　因為我正在計畫一個活動。不知道七月十日星期六可不可以？

男：七月十日星期六……中午十二點到下午三點已經有預約了，但是
　　在那之後都可以。

女：好，這樣也行。從，像是，晚上六點到十點好嗎？

男：可以，游泳池十點關閉。

女：既然這是晚上的活動，那麼我也想要使用烤肉架，這樣可以嗎？

男：當然，只是你必須另外付訂金，五十元，還有游泳池的訂金一百
　　五十元，這樣總共是兩百元的訂金。你可以在星期一的時候把訂
　　金拿回來，如果你沒有破壞器材。

女：噢，不會的。那些人不過是我的家人和一小群大人，我們要慶祝
　　我母親的生日。

男：太好了。我已經幫你登記了星期六晚上的游泳池，還幫你預約了
　　烤肉用具。你必須親自下來管理是這邊，填寫預約表單，並且在
　　星期五下午五點之前支付訂金。事實上，越快越好。

* suite〔swit〕*n.* 套房　　reserve〔rɪˋzɝv〕*v.* 預約
  rooftop〔ˋrufˌtɑp〕*n.* 頂樓　　available〔əˋveləbḷ〕*adj.* 有空的
  say〔se〕*adv.* 例如【用於數字或例子前】
  barbecue grill 烤肉架　　possible〔ˋpɑsəbḷ〕*adj.* 可能的
  extra〔ˋɛkstrə〕*adj.* 額外的　　deposit〔dɪˋpɑzɪt〕*n.* 訂金

in addition to 附加   provided〔prə'vaɪdɪd〕*conj.* 假如

trash〔træʃ〕*v.* 破壞   facility〔fə'sɪlətɪ〕*n.* 器材

adult〔ə'dʌlt〕*n.* 大人   ***pencil in*** 登記；預定

administration office 管理室   form〔fɔrm〕*n.* 表格

35. (**B**) 女士想要使用什麼？

    (A) 會議室。   (B) <u>游泳池。</u>

    (C) 清潔用品。   (D) 儲藏空間。

    * supply〔sə'plaɪ〕*n.* 補給品；用品

       storage〔'stɔrɪdʒ〕*n.* 儲藏

36. (**A**) 女士在計畫什麼活動？

    (A) <u>慶生。</u>   (B) 婚禮。

    (C) 周年紀念日。   (D) 退休派對。

    * anniversary〔͵ænə'vɝsərɪ〕*n.* 周年紀念日

       retirement〔rɪ'taɪrmənt〕*n.* 退休

37. (**A**) 女士在星期五晚上前必須做什麼事？

    (A) <u>付保證金。</u>   (B) 還器材。

    (C) 還鑰匙。   (D) 接她母親。

    * ***security deposit*** 保證金   return〔rɪ'tɝn〕*v.* 歸還

       equipment〔ɪ'kwɪpmənt〕*n.* 器材

Questions 38 through 40 *refer to the following conversation.*

男： 不好意思，你能告訴我賣鞋子的部門在哪一層樓嗎？

女： 事實上，我們賣鞋子的部門分散在兩層樓，你特別在找什麼嗎？

男： 是的，我想要一雙不錯的紳士皮鞋，今天晚上參加婚禮要穿的。
我今天飛到這裡，航空公司把我放鞋子的行李箱弄丟了。

女： 我懂你的感受，快捷航空有一次也把我的行李弄丟了。真是個惡
夢！不過你不要擔心。你來這裡就對了。我們有各種款式的男士
紳士皮鞋。搭電梯到四樓。那層樓有很多銷售人員能協助你。

　　* department〔dɪˈpɑrtmənt〕*n.* 部門　　***in particular*** 特別地
　　dress shoes 紳士皮鞋　　swift〔swɪft〕*adj.* 快速的
　　airline〔ˈɛrˌlaɪn〕*n.* 航空公司　　suitcase〔ˈsutˌkes〕*n.* 行李箱
　　luggage〔ˈlʌgɪdʒ〕*n.* 行李　　nightmare〔ˈnaɪtˌmɛr〕*n.* 惡夢
　　selection〔səˈlɛkʃən〕*n.* 款式　　elevator〔ˈɛləˌvetə〕*n.* 電梯
　　sales rep 銷售代表（= *sales representative*）
　　assist〔əˈsɪst〕*v.* 協助

38. (**A**) 說話者最有可能在哪裡？

　　　(A) 百貨公司。　　　　　　(B) 機場。
　　　(C) 銀行。　　　　　　　(D) 餐廳。

39. (**D**) 男士提到了什麼問題？

　　　(A) 他忘了帶皮夾。　　　　(B) 他去錯機場。
　　　(C) 他的班機延誤了。　　　(D) 他的行李不見了。

　　　* mention〔ˈmɛnʃən〕*v.* 提到；提及
　　　flight〔flaɪt〕*n.* 班機　　delay〔dɪˈle〕*v.* 延誤

40. (**D**) 女士告訴男士怎麼做？

　　　(A) 填寫投訴單。　　　　　(B) 那天晚一點再來。
　　　(C) 和經理說話。　　　　　(D) 去四樓。

　　　* ***fill out*** 填寫　　***complaint form*** 投訴單

Questions 41 through 43 refer to the following conversation.

女：我剛和萊斯・沃克講完電話，他是去年公司年度晚宴的攝影師。
　　他說他今年有空。

男：那真是個好消息。他上次拍了很多好照片，我們公司從那之後也
　　擴大了許多。幫新員工拍些照片放在網站上，應該還不錯。

女：對啊，但是我們可能必須找一個更大的地點。既然我們現在有更
　　多員工了，我不太確定我們能塞進之前租借的宴會廳。

男：妳算好人數了嗎？我相信妳能打給人資部，取得準確的員工數。

* ***get off the phone*** 講完電話　　annual〔'ænjʊəl〕*adj.* 年度的
employee〔ɪm'plɔɪ-i〕*n.* 員工　　staff〔stæf〕*n.* 員工
banquet hall 宴會廳　　***head count*** 人數統計
human resource 人資　　exact〔ɪg'zækt〕*adj.* 準確的

41.(**B**) 萊斯・沃克是誰？

  (A) 飯店經理。   (B) 攝影師。

  (C) 網站設計師。 (D) 律師。

  * designer〔dɪ'zaɪnɚ〕*n.* 設計師
   lawyer〔'lɔjɚ〕*n.* 律師

42.(**B**) 根據男士的說法，公司在過去一年間改變了什麼？

  (A) 有了新的老闆。 (B) 有了更多的員工。

  (C) 擴展了生產線。 (D) 和另一間公司合併。

  * expand〔ɪk'spænd〕*v.* 擴展　　***product line*** 生產線
   merge〔mɝdʒ〕*v.* 合併

43.(**C**) 女士在擔心什麼？

  (A) 資料庫的準確性。 (B) 邀請的價格。

  (C) 活動空間的大小。 (D) 菜單的選擇。

  * concerned〔kən'sɝnd〕*adj.* 擔心的
   database〔'detə,bes〕*n.* 資料庫
   invitation〔,ɪnvə'teʃən〕*n.* 邀請　　space〔spes〕*n.* 空間
   choice〔tʃɔɪs〕*n.* 選擇　　menu〔'mɛnju〕*n.* 菜單

Questions 44 through 46 *refer to the following conversation* ***between three speakers.***

 女：嗨，各位，我今天晚上要跟朋友去大都會劇院看表演。你們知道
   那附近停車方便嗎？

 男 A：嗯，我上個星期到那附近的理髮廳。劇院附近有道路施工，所
   以比平常的停車位還要少。你爲什麼不搭公車去呢？

男 B：這樣應該比較好的主意。此外，我聽說劇院的停車庫有一部份也在工地的下面。

女 ：我想我就把我的車留在這裡的停車場一個晚上。你們知道哪一個路線的公車會停在劇院門口嗎？

男 A：嗯，你可以搭伯頓五十四號公車，從伯內特廣場一直搭到市場街，直直延著伯頓大道走。在市場下車，過馬路到路的南側，從那裡走到劇院不用兩分鐘。

男 B：沒錯，當你從市場站下車，就會看到劇場的售票亭就在你左邊。

女 ：嗯，我今天下午晚點有個會議，如果我從市中心過去呢？

男 B：喔，如果是這樣的話，你可以直接搭地鐵去劇院，這樣會比較快。搭紅線，然後在市場／好萊塢站下車，出口就在劇院正前方。

* ***barber shop*** 理髮廳　neighborhood (ˈnebɚˌhʊd) *n.* 附近
construction (kənˈstrʌkʃən) *n.* 施工
partially (ˈparʃəlɪ) *adv.* 部分　lot (lat) *n.* 停車場
overnight (ˈovɚˈnaɪt) *adv.* 過夜
square (skwɛr) *n.* 廣場　avenue (ˈævəˌnju) *n.* 大道
kiosk (kɪˈask) *n.* 小亭；售貨亭
downtown (ˌdaʊnˈtaʊn) *n.* 市中心　***in that case*** 這樣的話
subway (ˈsʌbˌwe) *n.* 地鐵　exit (ˈɛksɪt) *n.* 出口

44. (**C**) 女士今天晚上想做什麼？

  (A) 去度假。   (B) 和客戶見面。

  (C) <u>看一齣劇。</u> (D) 出門吃晚餐。

  * client (ˈklaɪənt) *n.* 客戶

45. (**B**) 男 A 建議什麼？

  (A) 提早到。   (B) <u>搭公車。</u>

  (C) 雇用司機。 (D) 預訂票券。

  * hire (haɪr) *v.* 雇用　reserve (rɪˈzɝv) *v.* 預訂

46. (**A**) 男 B 建議什麼？

      (A) 搭地鐵。   (B) 晚點離開。

      (C) 和朋友一起去。   (D) 要求退款。

      * refund (ˈrɪˌfʌnd) *n.* 退款

Questions 47 through 49 refer to the following conversation between three speakers.

女 A：戴倫，我聽說你帶領奧斯本企業的會議上做得不錯。他們很喜歡我們提議的行銷活動，特別是藉由社群媒體廣告的想法。

男 ：謝了，莉亞。對於未來的會議，我還有個建議。我們用視訊會議取代與客戶面對面的會議如何？這似乎是減少開支和降低經常性開銷的合理方式。特別是我們想要擴展全球事業。

女 B：這個想法很棒，戴倫，但是視訊會議系統似乎經常不穩。要不是說話的人聲音斷斷續續的，就是連線會直接斷掉。

男 ：這個嘛，瑪姬，我才讀到一篇報導，有關評價很高的新系統。我回到座位上之後就寄給你看。

女 A：你可以也把那篇文章也寄給我看嗎？我也想仔細看看這個想法。

男 ：當然，莉亞。

女 B：儘管視訊會議有些發揮的潛能，我也不認爲我們應該忽略和客戶親自見面的好處。

女 A：我了解你的想法，瑪姬。相信我，我們絕對不會廢除與客戶的面對面簡報。然而，Ethan 可能發現了什麼。

   * industry (ˈɪndəstrɪ) *n.* 企業   ***marketing campaign*** 行銷活動
   advertise (ˈædvɚˌtaɪz) *v.* 廣告   ***social media*** 社群媒體
   suggestion (səgˈdʒɛstʃən) *n.* 建議
   video conference 視訊會議   ***face-to-face*** 面對面
   logical (ˈlɑdʒɪkl̩) *adj.* 合理的
   overheads (ˈovɚˌhɛdz) *n. pl.* 經常性開銷

especially 〔 əˈspɛʃəlɪ 〕 *adv.* 特別是

globally 〔ˈglɑblɪ 〕 *adv.* 全球地　　system 〔ˈsɪstəm 〕 *n.* 系統

consistently 〔 kənˈsɪstənt 〕 *adv.* 經常地

unreliable 〔ˌʌnrɪˈlaɪəbḷ 〕 *adj.* 不穩定的；不值得信任的

garbled 〔ˈgɑrbḷd 〕 *adj.* 斷斷續續的；不清楚的

connection 〔 kəˈnɛkʃən 〕 *n.* 連線

highly-rated 〔ˈhaɪlɪˈretɪd 〕 *adj.* 高評價的

regardless of 儘管　　potential 〔 pəˈtɛnʃəl 〕 *n.* 潛力

disregard 〔ˌdɪsrɪˈgɑrd 〕 *v.* 忽視　　***in person*** 親自

loud and clear 清楚地；宏亮　　***do away with*** 廢除；終止

presentation 〔ˌprɛznˈteʃən 〕 *n.* 簡報

be on to sth. 發現；知道；了解 (= *be aware of*)

47. (**B**) 說話者最有可能在哪裡工作？

　　(A) 儲蓄銀行。　　　　　　(B) 行銷公司。

　　(C) 科技公司。　　　　　　(D) 電視台。

　　* savings 〔ˈsevɪŋz 〕 *n. pl.* 存款；儲蓄

　　　agency 〔ˈedʒənsɪ 〕 *n.* 代辦處

48. (**A**) 瑪姬對視訊會議有什麼說法？

　　(A) 可能會有問題。

　　(B) 可以讓更多員工參與。

　　(C) 可以更頻繁地開會。

　　(D) 讓會議比較容易排入行程。

　　* ***tend to*** 傾向於；可能

　　　problematic 〔ˌprɑbləˈmætɪk 〕 *adj.* 有問題的

　　　enable 〔 ɪnˈebḷ 〕 *v.* 使…能夠

　　　participate 〔 pɑrˈtɪsəˌpet 〕 *v.* 參與

　　　allow for 允許　　frequent 〔ˈfrikwənt 〕 *adj.* 頻繁的

　　　schedule 〔ˈskɛdʒul 〕 *v.* 計畫；排行程

49. (**C**) 莉亞說 //"I hear you loud and clear, Maggie."// 是什麼意思？

　　(A) 她跟莉亞的想法不一樣。

(B) 她不了解莉亞在說什麼。
(C) <u>她同意莉亞說的話。</u>
(D) 她認為莉亞說話太大聲了。

* ***point of view*** 觀點　　statement〔'stetmənt〕*n.* 說法

Questions 50 through 52 *refer to the following phone conversation.*

男：克里布百貨公司，我是達留斯。我該為妳轉接給誰呢？

女：嗨，達留斯，我不確定這件事我該向誰說。大約在八個月前，我在這裡買了一台縫紉機。突然間，它發出了可怕的聲音。接著，它開始冒煙，然後就無法運作了。因此，我想知道我是否能把這台機器帶過去，換一台新的。

男：嗯，因為你是在很久以前買的，所以我們無法為妳換一台新的。我們商店的規定是，商品必須在購買日期三十天內，帶回來更換。但是妳可以聯絡製造商，如果在保固期內，他們可能會為妳換一台新的。

女：喔，這樣很棒，但我不確定我把文件放到哪裡去了。我可能要找一下。

男：同時，我可以把妳的電話轉接給客服部門。他們可能可以告訴妳是否還在保固期內。

* direct〔də'rɛkt〕*v.* 轉接　　***sewing machine*** 縫紉機
replace〔rɪ'ples〕*v.* 換貨；取代
policy〔'pɑləsɪ〕*n.* 規定；政策　　item〔'aɪtəm〕*n.* 商品
within〔wɪð'ɪn〕*prep.* 在…之中
purchase〔'pɝtʃəs〕*v.* 購買　　contact〔'kɑntækt〕*v.* 聯絡
manufacturer〔ˌmænjə'fæktʃərɚ〕*n.* 製造商
warranty〔'wɔrəntɪ〕*n.* 保證書；保固
paperwork〔'pepɚˌwɝk〕*n.* 文件
customer service 客服　　effect〔ɪ'fɛkt〕*n.* 效力

50. (**A**) 女士爲什麼要打電話給百貨公司？

    (A) 抱怨瑕疵商品。   (B) 詢問年度拍賣。

    (C) 應徵工作。   (D) 安排見面時間。

    * complain〔kəm'plen〕v. 抱怨
    defective〔dɪ'fɛktɪv〕adj. 瑕疵的；有殘缺的
    apply〔ə'plaɪ〕v. 應徵；申請
    schedule〔'skɛdʒul〕v. 安排
    appointment〔ə'pɔɪntmənt〕n. 見面

51. (**A**) 男士建議女士怎麼做？

    (A) 聯絡製造商。   (B) 買新的機器。

    (C) 去商店的服務台。   (D) 延長保固。

    * *service desk* 服務台   extend〔ɪk'stɛnd〕v. 延長；延伸

52. (**D**) 男士接下來很有可能怎麼做？

    (A) 在電腦上查資料。   (B) 核發機器的全額退款。

    (C) 連絡他的主管。   (D) 轉接女人的電話。

    * *look up* 查詢   issue〔'ɪʃju〕v. 核發
    supervisor〔supə'vaɪzə〕n. 主管
    transfer〔træns'fɝ〕v. 轉接

Questions 53 through 55 refer to the following phone conversation.

男： 哈囉，我計畫下個星期要去參觀摩根維爾偶戲館與工作室。
我想要看看你們的工藝師工作狀況，請問是否可以？

女： 當然，我們的工藝師工作室每天下午一點至四點開放參觀。這個
期間內，偶戲師傅可以回答你，對於設施和工作所有的問題。

男： 聽起來很棒，我還有別的朋友，他們也很有興趣

女： 這樣很不錯，但是工作室沒辦法容納太多人，所以如果你們人很
多的話，我建議可以安排一個私人導覽，但是要收額外的費用。

男： 我很高興知道，額外費用是多少呢？

女：超過十人的團體要收三十元，這些錢會直接用在博物館許許多多正在進行中的計畫。

* puppetry (ˈpʌpɪtrɪ) *n.* 木偶；偶戲
museum (ˈmjuzɪəm) *n.* 博物館
workshop (ˈwɜkˌʃɑp) *n.* 工作坊
craftsman (ˈkræftsmən) *n.* 工藝師　　master (ˈmæstə) *n.* 師傅
facility (fəˈsɪlətɪ) *n.* 設施　　*as well* 也；同樣
accommodate (əˈkɑməˌdet) *v.* 容納
schedule (ˈskɛdʒul) *v.* 安排　　*private tour* 私人導覽
additional (əˈdɪʃənl) *adj.* 附加的　　fee (fi) *n.* 費用
numerous (ˈnjumrəs) *adj.* 許多的
on-going (ˈɑnˌgoɪŋ) *adj.* 進行中的　　project (ˈprɑdʒɛkt) *n.* 計畫

53. (**A**) 男士詢問什麼資訊？

(A) 某項設施是否開放給參觀者。

(B) 建築物位在哪裡。　　(C) 誰會帶領導覽。

(D) 門票要多少錢。

* *be located* 坐落 (於)

54. (**D**) 參觀者可以在工作室做什麼？

(A) 觀察科學實驗。　　(B) 買植物。

(C) 觀看與實驗室歷史有關的影片。

(D) 和工藝師講話。

* science (ˈsaɪəns) *n.* 科學
experiment (ɪkˈspɛrəmənt) *n.* 實驗
laboratory (ˈlæbrəˌtorɪ) *n.* 實驗室

55. (**C**) 女士建議什麼？

(A) 在網路上買票。　　(B) 成為志工。

(C) 預訂私人導覽。　　(D) 周末去參觀。

* volunteer (ˌvɑlənˈtɪr) *n.* 志工

Questions 56 through 58 *refer to the following conversation.*

男：蒂芙尼，妳有機會嘗試過這個新軟體了嗎？

女：我看了一下，下禮拜會開始用來做薪資表。

男：嗯，我用它來統計倉庫在一個星期之內可以執行的總訂單數。這
有很多新功能，但是沒辦法跑得很快。比過去跑報表要花的時間
還要更久。

女：嗯，資訊科技部門一直想得到使用回饋。你應該說一下這點。或
許他們可以做些什麼讓速度快一點。

* chance〔tʃæns〕*n.* 機會 software〔'sɔft,wɛr〕*n.* 軟體
  give it a look 看一下 payroll〔'pe,rol〕*n.* 薪資表
  calculate〔'kælkjə,let〕*v.* 統計；計算 order〔'ɔrdə〕*n.* 訂單
  warehouse〔'wɛr,haʊs〕*n.* 倉庫 process〔'prɑsɛs〕*v.* 處理
  feature〔'fitʃə〕*n.* 功能 report〔rɪ'port〕*n.* 報告；報表
  IT 資訊科技（= *Information Technology*）
  feedback〔'fid,bæk〕*n.* 回饋 ***speed it up*** 加快速度

56. (**C**) 女士要用新軟體做什麼？

    (A) 網頁設計。　　　　(B) 銷售數據。
    (C) 薪資表。　　　　　(D) 市場研究。

    * web〔wɛb〕*n.* 網頁 design〔dɪ'zaɪn〕*n.* 設計
      sales〔selz〕*adj.* 銷售的 figure〔'fɪgjə〕*n.* 數據
      payroll〔'pe,rol〕*n.* 薪資；工資名單

57. (**B**) 軟體有什麼問題？

    (A) 沒辦法製造出需要的報表。
    (B) 跑得很慢。
    (C) 難以安裝。
    (D) 很貴。

    * produce〔prə'dus〕*v.* 製造 require〔rɪ'kwaɪr〕*v.* 需要
      install〔ɪn'stɔl〕*v.* 安裝

58.(**D**) 女士建議什麼？

    (A) 買額外的軟體。   (B) 安排訓練課程。

    (C) 重開電腦。   (D) <u>聯絡另一個部門。</u>

    * additional〔ə'dɪʃənḷ〕*adj.* 額外的

      training〔'trenɪŋ〕*n.* 訓練   session〔'sɛʃən〕*n.* 課程

      restart〔ri'start〕*v.* 重新開機

Questions 59 through 61 refer to the following phone conversation.

男：哈囉，泰勒醫師嗎？我是山繆 • 波拉德，來自奧馬哈醫療診所的
社區外展服務辦公室。我們正在安排一系列的公開演講，關於健
康照護的未來，十月十二日在這裡舉辦。妳是否願意在此演講？

女：我很願意，但我不確定我是否有空。那個星期我們醫院有很多新
來的實習生，我必須指導其中一些。順帶一提，你們要在哪裡舉
辦演講呢？

男：演講會在公共圖書館舉行，就在診所的對面。

女：這樣很方便。

男：沒錯，嗯，妳能否確認一下妳的行程，再讓我知道妳何時有空？
我們眞的很希望能請妳來演講。如果必要的話，我們甚至願意重
新安排演講時間。

    * medical〔'mɛdɪkḷ〕*adj.* 醫療；醫學   clinic〔'klɪnɪk〕*n.* 診所

      community〔kə'mjunətɪ〕*n.* 社區

      outreach〔'aʊt,ritʃ〕*n.* 擴大服務；外展服務

      organize〔'ɔrgən,aɪz〕*v.* 安排

      a series of 一系列的   public〔'pʌblɪk〕*adj.* 公共的

      lecture〔'lɛktʃɚ〕*n.* 演講   *health care* 健康照護

      available〔ə'veləbəḷ〕*adj.* 有空的   intern〔'ɪntɚn〕*n.* 實習生

      mentor〔'mɛntɔr〕*v.* 指導；輔導   hold〔hold〕*v.* 舉辦

      check〔tʃɛk〕*v.* 確認   willing〔'wɪlɪŋ〕*adj.* 樂意的；願意的

      reschedule〔ri'skɛdʒul〕*v.* 重新安排時間

      if necessary 如果必要的話

59. (**B**) 男士請女士做什麼？

　　　(A) 協調活動。　　　　　(B) <u>演講。</u>

　　　(C) 幫忙病患。　　　　　(D) 主持委員會。

　　　* coordinate〔koˈɔrdṇɪt〕v. 協調
　　　　patient〔ˈpeʃənt〕n. 病患　　chair〔tʃɛr〕v. 主持
　　　　committee〔kəˈmɪtɪ〕n. 委員會

60. (**C**) 為什麼泰勒醫師十月十二號會很忙？

　　　(A) 她要休假。

　　　(B) 她要參加董事會會議。

　　　(C) <u>她要和實習生一起工作。</u>

　　　(D) 她要動手術。

　　　* leave〔liv〕n. 休假　　attend〔əˈtɛnd〕v. 參加
　　　　board〔bord〕n. 董事（會）　　intern〔ˈɪntən〕n. 實習生
　　　　perform〔pəˈfɔrm〕v. 執行　　surgery〔ˈsɝdʒərɪ〕n. 手術

61. (**D**) 男士提議什麼？

　　　(A) 安排交通運輸。

　　　(B) 和經理說話。

　　　(C) 雇用助理。

　　　(D) <u>重新安排活動時間。</u>

　　　* arrange〔əˈrendʒ〕v. 安排
　　　　transportation〔ˌtrænspəˈteʃən〕n. 交通運輸
　　　　manager〔ˈmænɪdʒə〕n. 經理
　　　　assistant〔əˈsɪstənt〕n. 助理

Questions 62 through 64 *refer to the following conversation and schedule.*

　女：理查，看過查兒克機構提供的課程清單後，我想參加其中一個關
　　　於公開演說的課程。那對我的業績報告有幫助。公司還會提供補
　　　助這種職業發展的課程，對吧？

男：我想是的，凱西，但是妳應該問問人資部門。過去他們曾經提撥
　　一些補助給和妳職業需求相關的訓練。我相信他們會同意的。但
　　是…你要怎麼同時做好工作，又上那樣的課程呢？

女：也是，我最近很忙。但是既然我們上個星期終於和「輪椅工作」
　　簽約了，在可見的未來，我不會花這麼多時間加班。我告訴你，
　　我們終於達成交易，真的讓我鬆了一口氣。

男：我也是。大家都放下了重擔。我說，難道查兌克沒有提供晚上的
　　課程嗎？

女：沒錯。這就是為什麼我很有信心，我有時間上課，又在公司這裡
　　做好我的工作。

> * course〔kors〕*n.* 課程　　institute〔'ɪnstə,tut〕*n.* 機構
> offer〔'ɔfə〕*v.* 提供　　***public speaking*** 公開演說
> ***sales presentation*** 業績報告
> professional〔prə'fɛʃənḷ〕*adj.* 職業的；專業的
> development〔dɪ'vɛləpmənt〕*n.* 發展
> ***personnel department*** 人資部門　　***set aside*** 提撥；留下
> funding〔fʌnd〕*n.* 補助　　training〔'trenɪŋ〕*n.* 訓練
> ***related to*** 和…有關　　requirement〔rɪ'kwaɪrmənt〕*n.* 需求
> approve〔ə'pruv〕*v.* 同意　　manage〔'mænɪdʒ〕*v.* 設法做到
> ***take a course*** 上課　　sign〔saɪn〕*v.* 簽約；簽名
> overtime〔,ovə'taɪm〕*n.* 加班
> foreseeable〔for'siəbḷ〕*adj.* 可以預見的
> relieved〔rɪ'livd〕*adj.* 鬆了一口氣的
> ***close the deal*** 達成交易　　***a load off*** sb's back 卸下重責大任
> confident〔'kɑnfədənt〕*adj.* 有信心的　　firm〔fɝm〕*n.* 公司

62. (**D**) 女士問男士什麼？

　　(A) 客戶對某項產品的興趣。

　　(B) 升職的條件。

　　(C) 調整行程規劃。

　　(D) <u>資助職業發展。</u>

* requirement〔rɪ'kwaɪrmənt〕 *n.* 需求；要求
promotion〔prə'moʃən〕 *n.* 升職；升官
adjustment〔ə'dʒʌstmənt〕 *n.* 適應；調整

63. (**C**) 女士說最近公司發生了什麼事？

(A) 創造了新的管理職位。

(B) 加班的制度改變了。

(C) <u>與另外一間公司達成協議。</u>

(D) 有一個零售地點關閉了。

* recently〔'risn̩tlɪ〕 *adv.* 最近
management〔'mænɪdʒmənt〕 *n.* 管理
position〔pə'zɪʃən〕 *n.* 職位　　policy〔'paləsɪ〕 *n.* 制度
agreement〔ə'grimənt〕 *n.* 協議
retail〔'ritel〕 *adj.* 零售的
location〔lo'keʃən〕 *n.* 地點

64. (**C**)　看圖表。女士最有可能上哪一堂課？

(A) COM 102B。　　　　　(B) COM 102C。

(C) <u>COM 102D。</u>　　　　　(D) COM 102E。

* college〔'kalɪdʒ〕 *n.* 學院　　code〔kod〕 *n.* 編號；編碼
section〔'sɛkʃən〕 *n.* 課程；小班
Instr. 講師 (= *Instructor*)　　date〔det〕 *n.* 日期

查兌克職業發展機構
溝通學院

課程	編號／課程講師	日期／時間	
公開演說	COM102B Baines, L.	一三五	0900-1100
公開演說	COM102C Baines, L.	二四	1300-1600
公開演說	COM102D Garza, T.	一三五	1830-2030
公開演說	COM102E Lupin, F.	六	0900-1530

Questions 65 through 67 refer to the following conversation and information.

女： 我的車在店裡，所以我明天開始需要租車。我偏好省油的車。

男： 我們有很多適合的車子，妳需要用車子幾天呢？

女： 那是個問題。我還不確定，因爲這取決於我的車要修多久。當然
至少三天，但也是有可能需要更久的時間。這會是個問題嗎？

男： 一點問題也沒有。我現在先預訂三天，但之後還是能延長時間。
妳是我們的獎勵計畫成員嗎？會有各種省錢的好處，你也能在下
次租車時有折扣。如果你還沒註冊的話，可以看看我們的網站。
只需要花一分鐘。

* rental (ˈrɛntḷ) *n.* 租車；出租
preferably (ˈprɛfərəblɪ) *adv.* 偏好；偏愛
gas mileage 油耗量　*plenty of* 許多
vehicle (ˈviɪkḷ) *n.* 車子；交通工具
certain (ˈsɝtn̩) *adj.* 確定的　depend (dɪˈpɛnd) *v.* 取決於
repair (rɪˈpɛr) *v.* 修理；修補
definitely (ˈdɛfənɪtlɪ) *adv.* 當然；的確
end up 結果成爲；以…作結　problem (ˈprɑbləm) *n.* 問題
reservation (ˌrɛzɚˈveʃən) *n.* 預訂；保留
extend (ɪkˈstɛnd) *v.* 延長；擴展
member (ˈmɛmbɚ) *n.* 成員　reward (rɪˈwɔrd) *n.* 獎勵
program (ˈprogræm) *n.* 計畫　*money-saving* 省錢
benefit (ˈbɛnəfɪt) *n.* 好處；優點
discount (ˈdɪskaʊnt) *n.* 折扣　*sign up* 註冊

65. (**A**) 男士最有可能在哪裡工作？
　　(A) 租車公司。　　　　(B) 修車店。
　　(C) 飯店。　　　　　 (D) 旅行社。
　　* auto (ˈɔto) *n.* 汽車　*travel agency* 旅行社

66. (**D**) 女士說「那就是問題。」指的是什麼？

　(A) 她完全同意男人的看法。

　(B) 她找到她正在尋找的物品。

　(C) 她晚點會打回電。

　(D) 她會解釋自己的狀況。

　* completely〔kəm'plitlɪ〕*adv.* 完全　　***look for*** 尋找
　call back 回電　　explain〔ɪk'splen〕*v.* 解釋
　situation〔,sɪtʃu'eʃən〕*n.* 狀況

67. (**C**) 看圖表。女士最可能選哪一台車？

　(A) 石井速車。　　　　　　(B) 克雷默漫步者。

　(C) 塔里斯油電車。　　　　(D) 錫風瓦格尼油電車。

　* select〔sə'lɛkt〕*v.* 選擇　　class〔klæs〕*n.* 等級
　economy〔ɪ'kɑnəmɪ〕*n.* 經濟
　traveler〔'trævlɚ〕*n.* 旅客；旅行者
　collection〔kə'lɛkʃən〕*n.* 系列
　standard〔'stændəd〕*adj.* 標準的
　rate〔ret〕*n.* 費率；比率　　***per day*** 每日
　model〔'mɑdl̩〕*n.* 車型；模型　　***Cap.*** 載客量（ = *Capacity*）
　MPG 油耗量【每加侖英里數】(= *Mile Per Gallon*)
　similar〔'sɪmələ〕*adj.* 類似的；相似的
　specific〔spɪ'sɪfɪk〕*adj.* 特定的
　vary〔'vɛrɪ〕*v.* 改變；變更
　availability〔ə,velə'bɪlətɪ〕*n.* 使用性能；可利用性
　feature〔'fitʃə〕*n.* 特徵；特色
　passenger〔'pæsn̩dʒə〕*n.* 乘客；旅客
　luggage〔'lʌgɪdʒ〕*n.* 行李
　capacity〔kə'pæsətɪ〕*n.* 容量；載客量
　equipment〔ɪ'kwɪpmənt〕*n.* 配備；設備
　mileage〔'maɪlɪdʒ〕*n.* 里程數
　courier〔'kurɪə〕*n.* 導遊；特使
　cruiser〔'kruzə〕*n.* 遊艇　　hybrid〔'haɪbrɪd〕*n.* 油電車
　blast〔blæst〕*n.* 一陣風；爆炸

貝爾蒙蒂租車

等級
經濟旅客系列

標準費率：每日 59.99 元

車型*	載客量	油耗量
石井速車（或類似）	4+	43 或更好
克雷默漫步者（或類似）	5+	36 或更好
塔里斯油電車	4+	57 或更好
錫風瓦格尼油電車	5-6+	46 或更好

*相同汽車等級內的特定的製造商／車型，使用性能與特徵可能會改變，像是乘客座位數量、行李容量、配備與里程數。

Questions 68 through 70 *refer to the following phone conversation and list.*

女：嗨，我是位於瑞西達庫達科技的克洛伊・塞弗林。我在一個當地酒吧規劃了員工聯歡會，而我需要爲活動請 DJ。很多夥伴推薦你，我在想，你七月九日星期五是否有空？

男：嗯…好。看來我那天晚上還沒安排任何事。我對於公司活動沒有太多的經驗，但我很開心你的朋友推薦我。活動時間多久呢？

女：我們可以自由使用空間三小時。時間從七點開始，但如果你能大約在六點三十分到，那就太棒了。

男：沒問題，讓我寄給你我的標準合約，讓你審閱、簽字。

女：太好了！我會看過條款，如果你的價格在我的預算之內，我就會盡快簽字寄回。可能明天早上。

* technology〔tɛkˋnɑlədʒɪ〕*n.* 科技
plan〔plæn〕*v.* 計畫；規劃　　***employee mixer*** 員工聯歡會

local〔'lokl〕*adj.* 當地的　　bar〔bɑr〕*n.* 酒吧
event〔ɪ'vɛnt〕*n.* 活動　　several〔'sɛvərəl〕*adj.* 許多的
associate〔ə'soʃɪɪt〕*n.* 夥伴；會員
recommend〔‚rɛkə'mɛnd〕*v.* 推薦　　wonder〔'wʌndɚ〕*v.* 想
schedule〔'skɛdʒul〕*v.* 安排　　experience〔ɪk'spɪrɪəns〕*n.* 經驗
corporate〔'kɔrpərɪt〕*adj.* 公司的
pleased〔plizd〕*adj.* 開心的　　arrive〔ə'raɪv〕*v.* 抵達；到達
contract〔'kɑntrækt〕*n.* 合約　　review〔rɪ'vju〕*v.* 審閱
sign〔saɪn〕*v.* 簽合約；簽名　　term〔tɝm〕*n.* 條款；條約
fit〔fɪt〕*v.* 符合；適合　　budget〔'bʌdʒɪt〕*n.* 預算；經費
ASAP 儘快 (*= as soon as possible*)

68. (**C**) 女士想要做什麼？

　　(A) 參加訓練課程。　　　　(B) 與同事見面。
　　(C) 雇用娛樂活動。　　　　(D) 參觀藝廊。

　　* attend〔ə'tɛnd〕*v.* 參加　　training〔'trenɪŋ〕*n.* 訓練
　　session〔'sɛʃən〕*n.* 課程　　colleague〔'kɑlig〕*n.* 同事
　　entertainment〔‚ɪntɚ'tenmənt〕*n.* 娛樂活動
　　visit〔'vɪzɪt〕*v.* 參觀　　gallery〔'gælərɪ〕*n.* 藝廊

69. (**B**) 男士說他會寄什麼？

　　(A) 他的履歷表。　　　　(B) 合約。
　　(C) 一些參考資料。　　　　(D) 混音帶。

　　* resume〔‚rɛzju'me〕*n.* 履歷表
　　reference〔'rɛfərəns〕*n.* 參考資料
　　mixtape〔‚mɪks'tɑp〕*n.* 混音帶

70. (**D**) 看圖表。女士已經完成下列工作的哪一項？

　　(A) 她在員工休息室張貼傳單。
　　(B) 她雇用了娛樂活動。　　(C) 她發電子郵件給同事。
　　(D) 她安排了飲食服務。

　　* task〔tæsk〕*n.* 工作　　complete〔kəm'plit〕*v.* 完成
　　post〔post〕*v.* 張貼　　flyer〔'flaɪɚ〕*n.* 傳單

employee break room 員工休息室
arrange〔ə'rendʒ〕v. 安排
catering〔'ketəɪŋ〕n. 飲食服務　**to-do list** 代辦清單
approve〔ə'pruv〕v. 同意　**buy out** 買下
finger food 單手就可以拿的小食物
deposit〔dɪ'pɑzɪt〕n. 訂金　design〔dɪ'zaɪn〕v. 設計
print〔prɪnt〕v. 印刷
announcement〔ə'naʊnsmənt〕n. 公告；通知
company-wide adj. 全公司的　memo〔'mɛmo〕n. 備忘錄

代辦清單

員工聯歡會，七月九日，星期五

☑ 讓蒂蒙斯先生同意預算。

☑ 買下傑克雞尾酒吧的時間。

☑ 安排飲食服務（手拿食物；披薩，或許？

☐ 雇用 DJ。

☐ 付傑克訂金。

☐ 設計、印刷公告傳單。

☐ 寄備忘錄給全公司的人。

PART 4 詳解（ Track 2-04）

***Questions 71 through 73** refer to the following announcement.*

歡迎各位來極限飲食的消費者，我們很開心要宣布，極限飲食現在提供極限飲食隨身走 2——也就是我們全新的免費運送到府服務。只要在網路上訂購商品，就能運送到家門前——眞的是省錢又省力，無論你想要、需要時都能做到。更多完整的資訊，或是想要增加第一筆訂單，請見我們的網站 www.foodmax2go.com。另外，請記得，爲了要準備明天的假期，極限飲食今天晚上六點休息。

* shopper〔`ʃɑpɚ`〕*n.* 消費者；購物者
announce〔ə`naʊns`〕*v.* 宣布　　offer〔`ɔfɚ`〕*v.* 提供
delivery〔dɪ`lɪvərɪ`〕*n.* 運送；送貨
service〔`sɝvɪs`〕*n.* 服務　　effort〔`ɛfɚt`〕*n.* 努力；勞力
order〔`ɔrdɚ`〕*n.* 訂單；訂購　　product〔`prɑdʌkt`〕*n.* 商品
online〔`ɑnˌlaɪn`〕*adj.* 網路上的
deliver〔dɪ`lɪvɚ`〕*v.* 運送；送貨
complete〔kəm`plit`〕*adj.* 完整的　　detail〔`ditel`〕*n.* 細節
remind〔rɪ`maɪnd`〕*v.* 提醒　　preparation〔ˌprɛpə`reʃən`〕*n.* 準備
holiday〔`hɑləˌde`〕*n.* 假期

71.(**C**) 宣布了哪項新服務？

　　(A) 俱樂部會員。　　　　(B) 網路銀行業務。

　　(C) 運送到府。　　　　　(D) 飲食服務。

　　* club〔klʌb〕*n.* 俱樂部
　　　membership〔`mɛmbɚˌʃɪp`〕*n.* 會員
　　　banking〔`bæŋkɪŋ`〕*n.* 銀行業務

72.(**D**) 說話者建議聽眾做什麼？

　　(A) 參與一場競賽。　　　(B) 確認一筆訂單。
　　(C) 使用折價券。　　　　(D) 上一個網站。

　　* suggest〔səg`dʒɛst`〕*v.* 建議
　　　enter〔`ɛntɚ`〕*v.* 參與；進入　　contest〔`kɑntɛst`〕*n.* 競賽
　　　confirm〔kən`fɝm`〕*v.* 確認　　coupon〔`kupɑn`〕*n.* 折價券

73.(**A**) 根據說話者的說法，今天晚上會發生什麼事？

　　(A) 有個營業會提早結束。
　　(B) 有筆運送服務會抵達。
　　(C) 會宣布一位得獎者。
　　(D) 假期特賣會即將開始。

　　* prizewinner〔`praɪzˌwɪnɚ`〕*n.* 得獎者
　　　sale〔sel〕*n.* 特賣會

Questions 74 through 76 refer to the following announcement.

上個月，你們做了些建議，而我們也聽了。因此，我很高興要宣布，哈特曼設計公司買了全新的 Hexbot 3200 3-D 印表機。我們現在在辦公室這裡，就可以生產我們自自己設計的模型和樣品，這能提升我們的生產力。現在 3200 是 3-D 市場上領先的印表機，還有一些高科技特色。因此，這個星期五，我們要舉辦兩場訓練課程，關於如何使用、維護這個裝置，訓練課程一場在早上、一場在下午。

* suggestion〔səgˋdʒɛstʃən〕*n.* 建議
therefore〔ˋðɛr͵for〕*adv.* 因此
purchase〔ˋpɝtʃəs〕*v.* 購買　　printer〔ˋprɪntɚ〕*n.* 印表機
manufacture〔͵mænjəˋfæktʃɚ〕*v.* 生產；製造
model〔ˋmɑdḷ〕*n.* 模型　　prototype〔ˋprotə͵taɪp〕*n.* 樣品；原型
increase〔ɪnˋkris〕*v.* 增加
productivity〔͵prodʌkˋtɪvətɪ〕*n.* 生產力
leading〔ˋlidɪŋ〕*adj.* 領先的　　market〔ˋmɑrkɪt〕*n.* 市場
high-tech〔ˋhaɪˋtɛk〕*adj.* 高科技的　　feature〔ˋfitʃɚ〕*n.* 特色
as a result 因此　　hold〔hold〕*v.* 舉辦
training〔ˋtrenɪŋ〕*n.* 訓練　　session〔ˋsɛʃən〕*n.* 課程
maintain〔menˋten〕*v.* 維修　　unit〔ˋjunɪt〕*n.* 裝置

74. (**B**) 這場宣布的目的爲何？
　　(A) 解釋安全流程。　　(B) 描述一台新印表機。
　　(C) 分享工作機會。　　(D) 報告即將到來的檢查。

* purpose〔ˋpɝpəs〕*n.* 目的
announcement〔əˋnaʊnsmənt〕*n.* 宣布
explain〔ɪkˋsplen〕*v.* 解釋　　safety〔ˋseftɪ〕*n.* 安全
procedure〔prəˋsidʒɚ〕*n.* 流程
describe〔dɪˋskraɪb〕*v.* 描述
employment〔ɪmˋplɔɪmənt〕*n.* 工作；雇用
opportunity〔͵apɚˋtunətɪ〕*n.* 機會
report〔rɪˋport〕*v.* 報告

upcoming〔ˋʌpˏkʌmɪŋ〕*adj.* 即將到來的
inspection〔ɪnˋspɛkʃən〕*n.* 檢查；調查

75. (**C**) 說話者提到什麼好處？

    (A) 減少環境傷害。   (B) 與客戶有更大的彈性。

    (C) <u>增加員工生產力。</u>   (D) 更少維修問題。

    * benefit〔ˋbɛnəfɪt〕*n.* 好處；優點
    mention〔ˋmɛnʃən〕*v.* 提到；提及
    reduce〔rɪˋdjus〕*v.* 減少   harm〔harm〕*n.* 傷害
    environment〔ɪnˋvaɪrənmənt〕*n.* 環境
    flexibility〔ˏflɛksəˋbɪlətɪ〕*n.* 彈性
    maintenance〔ˋmentənəns〕*n.* 維修；修理

76. (**D**) 星期五會發生什麼事？

    (A) 有些員工會被解僱。   (B) 有台印表機會送達。

    (C) 客戶會來訪。   (D) <u>會舉辦訓練課程。</u>

    * *laid-off* 解僱   deliver〔dɪˋlɪvɚ〕*v.* 運送

Questions 77 through 79 refer to the following telephone message.

嗨，這則訊息是要留給黛博拉・帕克，我是鮑厄里兄弟水管公司的艾德・鮑厄里，我上星期去給你一份用聚氯乙烯管線更換黃銅管線的估價。我在那裡時，你提到，你想要在十月十二日之前完成整個計畫。嗯，我和我們水管師傅諮詢過後，我們沒辦法保證能在十二號之前完成。然而，我們能在那天之前完成大部分的水管更換。請回電，告訴我你是否想更進一步討論這項計畫。謝謝。

    * plumbing〔ˋplʌmɪŋ〕*n.* 水管工程   estimate〔ˋɛstəmɪt〕*n.* 估價
    replace〔rɪˋples〕*v.* 更換   copper〔ˋkapɚ〕*n.* 黃銅
    piping〔paɪpɪŋ〕*n.* 管線系統
    PVC 聚氯乙烯（= *PolyVinyl Chloride*）
    mention〔ˋmɛnʃən〕*v.* 提及；說到   entire〔ɪnˋtaɪr〕*adj.* 整個
    project〔ˋpradʒɛkt〕*n.* 計畫   complete〔kəmˋplit〕*v.* 完成

consult〔kən'sʌlt〕v. 諮詢　master〔'mæstɚ〕n. 師傅
plumber〔'plʌmɚ〕n. 水管工　guarantee〔͵gærən'ti〕v. 保證
majority〔mə'dʒɔrətɪ〕n. 大部分　pipe〔paɪp〕n. 水管
discuss〔dɪ'skʌs〕v. 討論　further〔'fɝðɚ〕adv. 更進一步

77. (**B**) 說話者在討論什麼計劃？

(A) 蓋一個車庫。　　　　(B) 更換水管。
(C) 修復屋頂。　　　　　(D) 改造廚房。

* build〔bɪld〕v. 蓋房子；建築　garage〔gə'rɑdʒ〕n. 車庫
  repair〔rɪ'pɛr〕v. 修復；修補　roof〔ruf〕n. 屋頂
  remodel〔ri'mɑdl̩〕v. 改造；改建

78. (**C**) 說話者提到了什麼問題？

(A) 天氣很糟糕。　　　　(B) 許可證延誤了。
(C) 無法在截止日前做好。　(D) 有些管線沒辦法做。

* permit〔pɚ'mɪt〕n. 許可證　delay〔dɪ'le〕v. 延誤；延期
  deadline〔'dɛd͵laɪn〕n. 截止日

79. (**D**) 說話者提議怎麼做？

(A) 降低價格。　　　　　(B) 雇用額外的員工。
(C) 推薦其他的公司。　　(D) 討論計畫。

* additional〔ə'dɪʃənl̩〕adj. 額外的　refer〔rɪ'fɝ〕v. 推薦

Questions 80 through 82 refer to the following broadcast.

今天晚上的 WDBC-TV 科技聚光燈，電信通訊巨擘維托羅拉最近宣布，他們會開始藉由好幾千個位於全國各地主要都會區的無線上網熱點，提供大眾免費的無線網路。網路使用不僅只限於維托羅拉的顧客，也會開放給大眾。這個計畫的目的是促進一般群眾的數位素養，並將於六月五日開始，剛好與維托羅拉創立一百零二週年紀念同一天。在這裡，要和各位報告有關即將到來的週年紀念，還有免費無線網路提議的是維托羅拉公司的社長蘇珊・桑德伯格。

* ***Tech*** 科技 (= *Technology*)

spotlight〔'spɑt,laɪt〕*n.* 聚光燈；鎂光燈

telecommunications〔,tɛlɪkə,mjunə'keʃənz〕*n. pl.* 電信通訊

giant〔'dʒaɪənt〕*n.* 巨擘；巨人　　provide〔prə'vaɪd〕*v.* 提供

wireless〔'waɪrlɪs〕*adj.* 無線的　　Internet〔'ɪntɚ,nɛt〕*n.* 網路

public〔'pʌblɪk〕*n.* 大眾　　wifi〔'waɪ faɪ〕*n.* 無線上網

hotspot〔hɑt'spɑt〕*n.* 熱點　　located〔lo'ket〕*adj.* 位於…的

major〔'medʒɚ〕*adj.* 主要的

metropolitan〔,mɛtrə'pɑlətn̩〕*adj.* 大都會的

area〔'ɛrɪə〕*n.* 區域　　access〔'æksɛs〕*n.* 使用；接近

limit〔'lɪmɪt〕*v.* 限制　　customer〔'kʌstəmɚ〕*n.* 顧客

be aimed at 鎖定；目標是　　promote〔prə'mot〕*v.* 促進；提升

digital〔'dɪdʒɪtl̩〕*adj.* 數位的

literacy〔'lɪtərəsɪ〕*n.* 素養；識字率

general〔'dʒɛnərəl〕*adj.* 一般

population〔,pɑpjə'leʃən〕*n.* 群眾　　***kick-off*** 開始

coincide〔,ko·ɪn'saɪd〕*v.* 同時發生；巧合

anniversary〔,ænə'vɝsərɪ〕*n.* 週年紀念日

found〔faʊnd〕*v.* 建立　　upcoming〔'ʌp,kʌmɪŋ〕*adj.* 即將到來的

initiative〔ɪ'nɪʃɪ,etɪv〕*n.* 提議　　president〔'prɛzədənt〕*n.* 社長

80. (**C**) 維托羅拉計畫要提供什麼服務？

　　　　(A) 研究許可。　　　　(B) 軟體更新。

　　　　(C) 網路使用。　　　　(D) 夏季實習。

　　　* grant〔grænt〕*n.* 許可；同意

　　　　software〔'sɔft,wɛr〕*n.* 軟體

　　　　update〔'ʌp,det〕*n.* 更新

　　　　internship〔'ɪntɝnʃɪp〕*n.* 實習

81. (**C**) 為什麼維托羅拉選擇在六月五日開始？

　　　　(A) 回應客戶的要求。　　(B) 符合合約的截止日期。

　　　　(C) 慶祝週年紀念日。　　(D) 標記一個假日。

　　　* respond〔rɪ'spɑnd〕*v.* 回應　　client〔'klaɪənt〕*n.* 客戶

request〔rɪ'kwɛst〕*n.* 要求
contract〔'kɑntrækt〕*n.* 合約
deadline〔'dɛd,laɪn〕*n.* 截止日期　　mark〔mɑrk〕*v.* 標記

82.(**D**) 聽眾很有可能接著聽到什麼？

(A) 宣布公共服務。　　　　(B) 企業主管的面談。

(C) 回答聽眾的問題。　　　　(D) 關於新服務的更多細節。

* interview〔'ɪntə,vju〕*n.* 面談；面試
business executive 企業主管

Questions 83 through 85 refer to the following announcement.

最後，你們全都在等待的時刻…。我很榮幸能宣布第七屆年度莫科馬達夢想車設計大賽的大獎得主，本獎項當然是由莫科馬達贊助。我們希望，畫下他們夢想中的車，不但讓孩子玩得開心，也讓他們知道他們的夢想有多麼重要。我們這個週末看到了許多很有創意的設計，但是有一台夢想車脫穎而出。以他設計的超輕型滑翔車，也就是「道路鳥」，我要將這個獎項頒發給葛雷斯菲爾德國小的羅伯特朱德・賈德。羅伯特，上來這裡和觀眾打聲招呼吧！

* finally〔'faɪnlɪ〕*adv.* 終於　　moment〔'momənt〕*n.* 時刻；時候
annual〔'ænjʊəl〕*adj.* 年度的　　motor〔'motə〕*n.* 馬達
contest〔'kɑntɛst〕*n.* 競賽；比賽　　sponsor〔'spɑnsə〕*v.* 贊助
of course 當然　　*have fun* 玩得開心；覺得有趣
realize〔'rɪə,laɪz〕*v.* 知道；發現　　vital〔'vaɪtl〕*adj.* 重要
creative〔krɪ'etɪv〕*adj.* 有創意的　　*ultra-lightweight* 超級輕
glider〔'glaɪdə〕*n.* 滑翔翼　　present〔prɪ'zɛnt〕*v.* 頒獎；出示
award〔ə'wɔrd〕*n.* 獎項　　greet〔grit〕*v.* 打招呼
audience〔'ɔdɪəns〕*n.* 觀眾

83.(**D**) 發生了哪一種活動？

(A) 演唱會。　　　　　　(B) 盛大開幕。

(C) 全店特賣會。　　　　(D) 頒獎典禮。

　　* concert〔'kɑnsɝt〕*n.* 演唱會
　　opening〔'opənɪŋ〕*n.* 開幕
　　storewide〔'stɔˏwaɪd〕*adj.* 全店的
　　sale〔sel〕*n.* 特賣會　　ceremony〔'sɛrəˏmonɪ〕*n.* 典禮

84.(**A**) 說話者說「有一台車脫穎而出」是什麼意思？

　　(A) 它的設計明顯比其他高明。
　　(B) 它比其他車還要高。
　　(C) 它和人類長得很像。
　　(D) 它是最合理的參賽者。

　　* clearly〔'klɪrlɪ〕*adv.* 明顯地；顯而易見
　　superior〔sə'pɪrɪɚ〕*adj.* 優越的；高一等的
　　resemble〔rɪ'zɛmbl̩〕*v.* 相像；類似
　　human being 人類
　　reasonable〔'riznəbl̩〕*adj.* 合理；理所當然
　　entry〔'ɛntrɪ〕*n.* 參賽者

85.(**A**) 關於這場競賽，有什麼暗示？

　　(A) 是給孩子的活動。　　(B) 從未舉辦過。
　　(C) 由一所國小贊助。　　(D) 每隔一年辦一次。

　　* imply〔ɪm'plaɪ〕*v.* 暗示
　　every other year 每隔一年一次

Questions 86 through 88 refer to the following excerpt from a meeting.

　　早安，各位。我們今天要討論的第一個主題，就是我們正在位強生公司設計的新大樓。客戶說，他們希望主要總部的建築物能反映他們的熱情與創新。因此，你們接下來幾天的工作就是想出可以拓展設計疆界的建築設計概念。我希望你們的草稿可以在星期五下午五點之前放在我的桌上，因為我這個週末要跟客戶見面，他們想看看我們想到了些什麼。

* topic〔'tɑpɪk〕*n.* 主題　　discussion〔dɪ'skʌʃən〕*n.* 討論
Corp. 公司（= *Corporation*）
architecture〔'ɑrkə,tɛktʃɚ〕*n.* 建築物
headquarter〔'hɛd'kwɔrtɚ〕*n.* 總部
reflect〔rɪ'flɛkt〕*v.* 反映；反射　　passion〔'pæʃən〕*n.* 熱情
innovation〔,ɪnə'veʃən〕*n.* 創新；改革
assignment〔ə'saɪnmənt〕*n.* 工作；功課
concept〔'kɑnsɛpt〕*n.* 概念　　boundary〔'baʊndərɪ〕*n.* 疆界
draft〔dræft〕*n.* 草稿；草圖　　***no later than*** 在…之前
come up with 想出；提出

86. (**D**) 說話者最可能在哪裡工作？

      (A) 廣告公司。　　　　　(B) 運動用品店。

      (C) 藝廊。　　　　　　　(D) <u>建築公司。</u>

      * ***advertising agency*** 廣告公司
        good〔gʊd〕*n.* 用品；商品　　***art gallery*** 藝廊；畫廊
        architectural〔,ɑrkə,tɛktʃərəl〕*adj.* 建築

87. (**A**) 說話者要聽眾做什麼？

      (A) <u>提出設計。</u>　　　　(B) 整理文件。

      (C) 提早來上班。　　　　(D) 聯絡客戶。

      * submit〔səb'mɪt〕*v.* 提出；提交
        organize〔'ɔrgən,aɪz〕*v.* 整理；組織
        file〔faɪl〕*n.* 文件；資料

88. (**A**) 根據說話者的話，這個週末會發生什麼事？

      (A) <u>與客戶見面。</u>　　　(B) 社區活動。

      (C) 破土儀式。　　　　　(D) 職業工作坊。

      * ***take place*** 發生
        community〔kə'mjunətɪ〕*n.* 社區；社群
        ground-breaking 破土　　ceremony〔'sɛrə,monɪ〕*n.* 儀式
        professional〔prə'fɛʃənḷ〕*adj.* 職業的；專業的
        workshop〔'wɝk,ʃɑp〕*n.* 工作坊

Questions 89 through 91 refer to the following introduction.

至於美國牙醫師協會的理事長,我很榮幸能介紹拉迪·雷托斯基先生。雷托斯基先生來到我們這邊,他有在牙醫專業上有二十年的經驗,他才剛創造了一個全國性的資料庫,可以結合病患的牙醫紀錄和其他重要的資訊,全都放進單一一個程式中。這意味著,牙醫行政人員可以更容易追蹤病患的牙醫病史,無論這些病患過去在哪裡得到醫療照護。所以現在,雷托斯基先生會為各位示範,這個程式要怎麼運作,並解釋它的各種特色。

* president〔'prɛzədənt〕n. 理事長;主席
  association〔ə,sosɪ'eʃən〕n. 協會　　dentist〔'dɛntɪst〕n. 牙醫
  honor〔'ɑnɚ〕n. 榮幸;榮耀　　introduce〔,ɪntrə'djus〕v. 介紹
  decade〔'dɛked〕n. 十年　　dental〔'dɛntl̩〕adj. 牙醫的
  profession〔prə'fɛʃən〕n. 職業;專業
  create〔krɪ'et〕v. 創造;製造
  nationwide〔'neʃən,waɪd〕adj. 全國性
  database〔'detə,bes〕n. 資料庫　　combine〔kəm'baɪn〕v. 結合
  patient〔'peʃənt〕n. 病患　　record〔'rɛkəd〕n. 記錄
  single〔'sɪŋgl̩〕adj. 單一的　　program〔'progræm〕n. 程式
  administration〔əd,mɪnə'streʃən〕n. 行政;管理
  staff〔stæf〕n. 工作人員　　*keep track of* 追蹤
  history〔'hɪstərɪ〕n. 病史;歷史　　*no matter* 無論
  care〔kɛr〕n. 照顧;照護
  demonstrate〔'dɛmən,stret〕v. 示範
  various〔'vɛrɪəs〕adj. 各式各樣的　　feature〔'fitʃɚ〕n. 特色

89.(**B**) 雷托斯基先生在哪種產業工作?

  (A) 建築。　　　　　　　(B) 健康照護。

  (C) 社群媒體。　　　　　(D) 金融。

  * architecture〔'ɑrkə,tɛktʃɚ〕n. 建築
    health〔hɛlθ〕n. 健康　　*social media* 社群媒體
    finance〔fə'næns〕n. 金融

90. (**D**) 雷托斯基先生主要被認可有什麼成就？

    (A) 創立慈善機構。   (B) 增進訓練課程。

    (C) 出版研究結果。   (D) <u>開發全球性的資料庫。</u>

    * start〔stɑrt〕v. 創建；開始
      charitable〔ˋtʃærətəbl〕adj. 慈善的；仁慈的
      organization〔ˏɔrgənəˋzeʃən〕n. 機構
      improve〔ɪmˋpruv〕v. 增進   training〔ˋtrenɪŋ〕n. 訓練
      curriculum〔kəˋrɪkjələm〕n. 課程
      publish〔ˋpʌblɪʃ〕v. 出版   survey〔səˋve〕n. 研究
      result〔rɪˋzult〕n. 結果   develop〔dɪˋvɛləp〕n. 開發

91. (**A**) 根據說話者所言，雷托斯基先生接下來會做什麼？

    (A) <u>做示範。</u>   (B) 導覽設施。

    (C) 跟記者說話。   (D) 受獎。

    * tour〔tur〕v. 導覽   facility〔fəˋsɪlətɪ〕n. 設施
      reporter〔rɪˋportə〕n. 記者   award〔əˋwɔrd〕n. 獎項

Questions 92 through 94 refer to the following talk and map.

早安，歡迎來到任務小徑區域公園。我的名字是堂娜，我今天會帶領你們健行。我們通常會走阿帕奇小徑到野餐與露營區，但是這個星期，那條小徑的第二個部分關閉了，因為要維修。因此，取而代之的是，我們會從阿帕奇小徑開始，中途改道到切羅基小徑，就如你們在地圖上看到的這個地方。我們會在切羅基小徑的尾端休息、吃午餐，接著走俄勒岡小徑回來到這裡的旅客中心。在我們出發之前，讓我提醒你們，今天應該會是個大晴天，因此最好抹些防曬乳、戴上帽子。

    * mission〔ˋmɪʃən〕n. 任務   trail〔trel〕n. 小徑
      regional〔ˋridʒənl〕adj. 區域性的
      guide〔gaɪd〕v. 帶領；導引   hike〔haɪk〕n. 健行
      normally〔ˋnɔrmlɪ〕adv. 通常   picnic〔ˋpɪknɪk〕n. 野餐
      camping〔ˋkæmpɪŋ〕n. 露營   area〔ˋɛrɪə〕n. 區域
      maintenance〔ˋmentənəns〕n. 維修；維護

instead〔ɪn'stɛd〕*adv.* 取而代之；反而
change〔tʃendʒ〕*v.* 改變　　midway〔'mɪd,we〕*adv.* 中途；中間
map〔mæp〕*n.* 地圖　　break〔brek〕*v.* 休息
visitor's center 旅客中心　　***take off*** 出發
remind〔rɪ'maɪnd〕*v.* 提醒　　***be supposed to V.*** 應該~
sunscreen〔'sʌn,skrin〕*n.* 防曬乳；防曬油

92.(**C**) 聽眾最有可能是誰？

    (A) 維修工人。   (B) 公車司機。

    (C) <u>觀光客。</u>   (D) 國家公園管理員。

    * tourist〔'turɪst〕*n.* 觀光客；旅客
      ranger〔'rændʒɚ〕*n.* 國家公園管理員

93.(**A**) 看圖。聽眾今天沒辦法去哪裡？

    (A) <u>奧珀爾湖。</u>   (B) 天鵝花園。

    (C) 野餐與露營區。   (D) 旅客中心。

    * unable〔ʌn'ebḷ〕*adj.* 無法　　swan〔swɑn〕*n.* 天鵝

94.(**D**) 女士鼓勵聽眾做什麼？

    (A) 帶地圖。   (B) 確認氣象預報。

    (C) 儲存個人物品。   (D) <u>使用防曬用品。</u>

    * ***weather forecast*** 氣象預報　　store〔stor〕*v.* 儲存
      belongings〔bə'lɔŋɪŋz〕*n. pl.* 個人物品
      sun protection 防曬用品

Questions 95 through 97 *refer to the following telephone message and receipt.*

嗨，藍伯特先生。我是地平線旅行社的格雷琴，我打來是要向你確認接下來前往阿根廷的旅程。此外，上次你來辦公室時，我們討論過你旅行前必須先做的準備，我很抱歉之前沒有提到這點。如果你計畫在旅程中使用你的手機，你可能會想要購買另一張 SIM 卡。我們的 SIM 卡和阿根廷的系統並不相符。有許多不同的網站，可以提供國際電話卡——我推薦 SA 行動電話點 com。無論如何，我剛把你的飛行路線用電子郵件寄給你了。如果有任何問題，隨時都可以聯絡我。

* horizon〔hə'raɪzn̩〕*n.* 地平線　　***travel agency*** 旅行社
　trip〔trɪp〕*n.* 旅程　　Argentina〔ˌɑrdʒən'tinə〕*n.* 阿根廷
　discuss〔dɪ'skʌs〕*v.* 討論
　preparation〔ˌprɛpə'reʃən〕*n.* 準備
　mention〔'mɛnʃən〕*v.* 提到　　***mobile phone*** 手機；行動電話
　during〔'djʊrɪŋ〕*prep.* 在…期間
　compatible〔kəm'pætəbl̩〕*adj.* 相符
　several〔'sɛvərəl〕*adj.* 許多　　***Web site*** 網站
　offer〔'ɔfɚ〕*v.* 提供　　international〔ˌɪntɚ'næʃənl̩〕*adj.* 國際的
　recommend〔ˌrɛkə'mɛnd〕*v.* 推薦　　flight〔flaɪt〕*n.* 班機
　itinerary〔aɪ'tɪnəˌrɛrɪ〕*n.* 路線；航線

95. (**D**) 說話者是做哪一種工作的？

　　(A) 書店。　　　　　　　(B) 手機服務公司。
　　(C) 電子商店。　　　　　(D) 旅行社。
　　* carrier〔'kærɪɚ〕*n.* 服務公司
　　　electronics〔ɪlɛk'trɑnɪks〕*n. pl.* 電子產品

96. (**A**) 說話者建議聽話者買什麼？

　　(A) 不同的 SIM 卡。　　　(B) 新電腦。
　　(C) 保單。　　　　　　　(D) 經濟艙機票。

* advise〔əd'vaɪz〕*v.* 建議；推薦
insurance policy 保單
economy plane ticket 經濟艙機票

97. (**C**) 看圖。說話者寄給藍伯特先生什麼東西？

(A) 推薦清單。　　　　　(B) 指引手冊。

(C) 航班時程表。　　　　(D) 價格手冊。

* recommendation〔͵rɛkəmɛn'deʃən〕*n.* 推薦
guidebook〔'gaɪd͵bʊk〕*n.* 指引手冊
schedule〔'skɛdʒul〕*n.* 時程表
pricing〔'praɪsɪŋ〕*n.* 定價
brochure〔bro'ʃʊr〕*n.* 小冊子　　receipt〔rɪ'sit〕*n.* 收據
airline〔'ɛr͵laɪn〕*n.* 航空公司　　booking〔'bʊkɪŋ〕*n.* 預訂
detail〔'ditel〕*n.* 細節；資訊
reference〔'rɛfərəns〕*n.* 參考
guest〔gɛst〕*n.* 乘客；客人　　route〔rut〕*n.* 路徑
departure〔dɪ'partʃɚ〕*n.* 出發
arrival〔ə'raɪvl̩〕*n.* 抵達　　***Chicago*** 芝加哥
Buenos Aires 布宜諾斯艾利斯

航線收據		銀天空 航空公司

預訂資訊：
已確認
預定日期：
五月十三日

預訂參考編號：
BVT90L9

(00) 0 0123456 000000001 8

乘客資訊：
藍伯特，托德

路線	班機 #	出發	抵達
芝加哥 – 布宜諾斯艾利斯	SS870	6 月 12 日 22:00	6 月 13 日 12:00
布宜諾斯艾利斯 – 芝加哥	SS871	6 月 24 日 15:00	6 月 25 日 05:00

Questions 98 through 100 *refer to the following telephone message and order form.*

午安，我是從詹森與帕克公司打來的瑪麗安娜·沃爾特斯。我想要向你追蹤我上個星期用電子郵件寄給你的飲食服務訂單。那是明天我們公司的股東會要用的。我想要把飲品的數量加倍。在這樣漫長的會議下，人們可能會變得更渴。此外，我也想告訴你，當你抵達我們總部時，你必須在保全桌報到，並且拿訪客識別證。我已經轉達保全人員了，所以識別證已經爲你準備好了。

* associates〔əˋsoʃɪets〕n. 公司　　***follow up*** 追蹤
  catering〔ˋketəɪŋ〕n. 飲食服務　　order〔ˋɔrdə〕n. 訂購；訂單
  form〔fɔrm〕n. 表格　　***board meeting*** 股東會
  double〔ˋdʌbḷ〕n. 雙倍　　beverage〔ˋbɛvərɪdʒ〕n. 飲料
  extra〔ˋɛkstrə〕adv. 特別　　thirsty〔ˋθɝstɪ〕adj. 口渴
  during〔ˋdjʊrɪŋ〕prep. 在⋯期間　　arrive〔əˋraɪv〕v. 抵達
  headquarter〔ˋhɛdˋkwɔrtə〕n. 總部　　***check in*** 報到
  security〔sɪˋkjurətɪ〕n. 保全　　***pick up*** 拿取
  visitor〔ˋvɪzɪtə〕n. 訪客　　badge〔bædʒ〕n. 識別證
  security guard 保全人員　　ready〔ˋrɛdɪ〕adj. 準備好的

98. (**B**) 正在準備哪種活動？
　　(A) 商品發表會。　　　　(B) <u>商務會議。</u>
　　(C) 學術演講。　　　　　(D) 退休派對。
　　* cater〔ˋketə〕v. 提供飲食　　product〔ˋprɑdʌkt〕n. 商品
　　　launch〔lɔntʃ〕v. 發表
　　　academic〔͵ækəˋdɛmɪk〕adj. 學術
　　　lecture〔ˋlɛktʃə〕n. 演說

99. (**C**) 看圖表。原始訂單的哪一個數量已經不正確了？
　　(A) 2。　　　　　　　　(B) 3。
　　(C) <u>20。</u>　　　　　　　(D) 24。

* quantity〔'kwɑntətɪ〕*n.* 數量（*= Qty.*）

no longer 不再　　accurate〔'ækjʊrɪt〕*adj.* 正確；準確

fruit tray 水果盤　　**deli platter** 熟食盤

assorted〔ə'sɔrtɪd〕*adj.* 各式各樣的

pastry〔'pestrɪ〕*n.* 糕點　　**bottled water** 瓶裝水

oz. 盎司（*= ounce*）　　**soft drink** 軟性飲料

can〔kɑn〕*n.* 罐　　total〔'totl̩〕*n.* 總和

飲食服務訂單		
數量	項目	價格
2	水果盤	2@15.00 = 30.00
3	熟食盤	2@25.00 = 50.00
24	各式糕點	24@1.50 = 36.00
20	瓶裝水（16 盎司）	20@1.00 = 20.00
20	軟性飲料（12 盎司 罐））	20@0.75 = 15.00
		總和：151.00

100. (**C**) 聽話者被要求明天要做什麼？

(A) 提早到，布置空間。

(B) 帶額外的工作人員。

(C) 拿身分識別証。

(D) 發表演講。

* early〔'ɝlɪ〕*adv.* 提早　　**set up** 布置；準備

additional〔ə'dɪʃənl̩〕*adj.* 額外的

staff〔stæf〕*n.* 工作人員

identification〔aɪ,dɛntəfə'keʃən〕*n.* 身分

give a speech 發表演說

PART 5 詳解

101. (**B**) 這棟大樓禁止吸菸，但是員工如果想要在休息時間抽菸，<u>可以</u>使用戶外的露臺。

依句意，本題應選 (B) may「可以」。

* smoke〔smok〕v. 抽菸　　prohibit〔pro'hɪbɪt〕v. 禁止
building〔'bɪldɪŋ〕n. 建築物
employee〔ˌɪm'plɔɪ-i〕n. 員工
outdoor〔'aʊtˌdor〕adj. 戶外的
terrace〔'tɛrɪs〕n. 露臺；平台　　break〔brek〕n. 休息時間

102. (**D**) 用一場慷慨大方的派對來爲退休的經理致意，是這間公司<u>確立已久</u>的做法。

依句意，***well-established*** 爲慣用片語，意思爲確立已久的；完全的，故選 (D)。

* honor〔'ɑnɚ〕v. 致意；榮耀　　retire〔rɪ'taɪr〕v. 退休
executive〔ɪg'zɛkjʊtɪv〕n. 經理；管理階級
lavish〔'lævɪʃ〕adj. 慷慨大方的；奢華的
practice〔'præktɪs〕n. 做法；慣例
intend〔ɪn'tɛnd〕v. 想要；打算

103. (**A**) 我們不確定工作什麼時候會完成，但是主管給我們<u>估計</u>三個星期的時間。

(A) ***estimate***〔'ɛstəmɪt〕n. 估計；估量
(B) approximate〔ə'prɑksəmɪt〕adj. 大約的
(C) decision〔dɪ'sɪʒən〕n. 決定
(D) deduction〔dɪ'dʌkʃən〕n. 扣除；減掉

* complete〔kəm'plit〕v. 完成
supervisor〔supɚ'vaɪzɚ〕n. 主管；管理者

104. (**C**) 莫雷諾一家很失望，他們發現演唱會已經沒有<u>剩餘</u>的票了。

(A) vacant〔'vekənt〕adj. 空的；空白的

(B) present〔'prɛzənt〕*adj.* 出席的；在場的
(C) ***available***〔ə'veləbḷ〕*adj.* 有空的；可用的
(D) inclusive〔ɪn'klusɪv〕*adj.* 包含的；包括的
* disappointed〔,dɪsə'pɔɪntɪd〕*adj.* 失望的
concert〔'kɑnsɝt〕*n.* 演唱會

105. (**A**) 大多數的員工，特別是那些有配偶與孩子的人，都很擔心公司對健康計劃的建議改變。

依句意，本題應選 (A) ***especially***〔ə'spɛʃəlɪ〕*adv.* 特別是。
* spouse〔'spauz〕*n.* 配偶
propose〔prə'poz〕*v.* 提議；建議
such as 例如；像是　***in turn*** 依次；輪流

106. (**C**) 所有最近的銷售數據都顯示，新的廣告活動相當成功。

(A) specify〔'spɛsə,faɪ〕*v.* 指定；說明
(B) announce〔ə'nauns〕*v.* 宣布；公開
(C) ***indicate***〔'ɪn,dəket〕*v.* 顯示；指出
(D) classify〔'klæsə,faɪ〕*v.* 分類
* recent〔'risṇt〕*adj.* 最近的　***sales figure*** 銷售數據
advertising campaign 廣告活動
successful〔sək'sɛsfəl〕*adj.* 成功的

107. (**D**) 理髮師一完成，瓊斯太太就擔心地看著鏡子裡的自己。

本題考反身代名詞，主詞為 ***Jones*** 太太，一名女性，反身
代名詞為 ***herself***，因此答案選 (D)。
* ***as soon as*** 一～就⋯　hairdresser〔'hɛr,drɛsɚ〕*n.* 理髮師
apprehensively〔,æprɪ'hɛnsɪvlɪ〕*adv.* 擔心地；擔憂地
mirror〔'mɪrɚ〕*n.* 鏡子

108. (**A**) 合約寫得很模糊，很多項目都有開放詮釋的空間。

(A) ***interpretation***〔ɪn,tɝprɪ'teʃən〕*n.* 詮釋；解釋
(B) suspicion〔sə'spɪʃən〕*n.* 懷疑

  (C) commission〔kə'mɪʃən〕*n.* 傭金

  (D) invention〔ɪn'vɛnʃən〕*n.* 發明

 * contract〔'kɑntrækt〕*n.* 合約 vaguely〔'veglɪ〕*adv.* 模糊

  word〔wɜd〕*v.* 撰寫；用文字表達 item〔'aɪtəm〕*n.* 項目

109.（**B**）珍妮絲非常不擅長在自己的領域與他人建立關係，因為她不願意接近自己不認識的人。

  (A) appear〔ə'pɪr〕*v.* 出現

  (B) ***approach***〔ə'protʃ〕*v.* 接近；靠近

  (C) approve〔ə'pruv〕*v.* 同意

  (D) applaud〔ə'plɔd〕*v.* 鼓掌

 * network〔'nɛt,wɚk〕*v.* 與他人建立關係

  field〔fild〕*n.* 領域 reluctant〔rɪ'lʌktənt〕*adj.* 不願意

110.（**B**）戴爾一完成緊急報告，就把它印下來，直接拿給副總裁。

  依句意，***immediately upon*** 為慣用句法，意思為「當…之後，馬上…」其他選項後面皆不可接 ***upon***，故答案選 (B)。

 * urgent〔'ɝdʒənt〕*adj.* 緊急的 report〔rɪ'port〕*n.* 報告

  print〔prɪnt〕*v.* 印刷 directly〔də'rɛktlɪ〕*adv.* 直接

  vice president 副總裁；副總統

111.（**C**）警察宣稱，他沒有權責干涉兩個人之間的爭執。

  (A) purpose〔'pɝpəs〕*n.* 目的

  (B) altitude〔'æltə,tjud〕*n.* 高度

  (C) ***authority***〔ə'θɔrətɪ〕*n.* 權責；權限

  (D) proposal〔prə'pozḷ〕*n.* 提案；提議

 * claim〔klem〕*v.* 宣稱

  intervene〔,ɪntə'vin〕*v.* 干涉；介入

  argument〔'ɑrgjumənt〕*n.* 爭執；爭論

112.（**C**）史蒂芬妮寄了電子郵件給客戶，也留了好幾則電話留言，但是目前都還沒有得到他的答覆。

依文法，no 後面接名詞，故選 (C) *response* 〔 rɪˋspɑns 〕 *n.*
答覆；回答。

* client 〔ˋklaɪənt 〕 *n.* 客戶　　several 〔ˋsɛvərəl 〕 *adj.* 好幾個
leave message 留言　　*so far* 目前

113. (**B**)　我不懂吉姆怎麼會弄錯這兩個包裹，畢竟它們一點都不<u>像</u>。

    (A) ideal 〔 aɪˋdiəl 〕 *adj.* 理想的

    (B) *similar* 〔ˋsɪmələ 〕 *adj.* 相似；相像的

    (C) relative 〔ˋrɛlətɪv 〕 *adj.* 有關係的

    (D) familiar 〔 fəˋmɪljə 〕 *adj.* 熟悉；熟識的

    * confuse 〔 kənˋfjuz 〕 *v.* 使混亂
      package 〔ˋpækɪdʒ 〕 *n.* 包裹

114. (**B**)　過去十年來，經濟上的金融服務<u>部分</u>成長最快速。

    (A) zone 〔 zon 〕 *n.* 地帶；地區（時間、植物、郵政）

    (B) *sector* 〔ˋsɛktə 〕 *n.* 部分；部門（公司）

    (C) extent 〔 ɪkˋstɛnt 〕 *n.* 範圍；程度

    (D) district 〔ˋdɪstrɪkt 〕 *n.* 區域；行政區（城市）

    * financial 〔 fəˋnænʃəl 〕 *adj.* 金融的
      economy 〔 ɪˋkɑnəmɪ 〕 *n.* 經濟
      rapidly 〔ˋræpɪdlɪ 〕 *adv.* 快速；迅速

115. (**C**)　我們寧願付多一點錢，讓機器修好一點，也不要冒著可能<u>再次</u>
　　　　<u>發生</u>的風險。

    (A) reverberation 〔 rɪˌvɝbəˋreʃən 〕 *n.* 回響；反射

    (B) restoration 〔ˌrɛstəˋreʃən 〕 *n.* 恢復；復辟

    (C) *reoccurrence* 〔 rɪəˋkɝəns 〕 *n.* 復發；再次發生

    (D) revision 〔 rɪˋvɪʒn 〕 *n.* 修正；修訂

    * *rather~than*… 寧願～也不要…
      properly 〔ˋprɑpəlɪ 〕 *adv.* 好地；洽當地
      risk 〔 rɪsk 〕 *v.* 冒著…的風險

116. (**A**) 法務部門承諾，新的合約在這個星期三之前會完成。

依文法，**be** 動詞加完成式表被動，本句合約被法律部門完成，故選 (A) ***finalize*** 〔ˈfaɪnḷˌaɪz〕 *v.* 完成；結束。

* ***legal department*** 法務部門　　promise 〔ˈpramɪs〕 *v.* 承諾
　contract 〔ˈkɑntrækt〕 *n.* 合約　　finite 〔ˈfaɪnaɪt〕 *adj.* 有限的

117. (**D**) 醫師解釋，手術包含了好幾個困難的程序，但是整體的成功率還是很高。

(A) symptom 〔ˈsɪmptrəm〕 *n.* 症狀；徵兆

(B) action 〔ˈækʃən〕 *n.* 動作

(C) conclusion 〔kənˈkluʒən〕 *n.* 結論；結果

(D) ***procedure*** 〔prəˈsɪdʒɚ〕 *n.* 程序；步驟

* surgery 〔ˈsɝdʒərɪ〕 *n.* 手術　　include 〔ɪnˈklud〕 *v.* 包含
　overall 〔ˈovɚˌɔl〕 *adj.* 整體的　　***success rate*** 成功率
　still 〔stɪl〕 *adv.* 仍然；依然

118. (**C**) 對單親家長而言，在這間公司工作最大的好處就是，彈性的上班時間。

(A) welfare 〔ˈwɛlˌfɛr〕 *n.* 福利；幸福

(B) interest 〔ˈɪntrɪst〕 *n.* 興趣；利益

(C) ***benefit*** 〔ˈbɛnəfɪt〕 *n.* 好處；優點

(D) aptitude 〔ˈæptəˌtjud〕 *n.* 傾向；習性

* ***single parent*** 單親家長
　flexible 〔ˈflɛksəbḷ〕 *adj.* 有彈性的

119. (**A**) 電腦能比任何人類更快地處理這些數學方程式。

(A) ***formula*** 〔ˈfɔrmjələ〕 *n.* 方程式；公式

(B) solution 〔səˈluʃən〕 *n.* 解決方案

(C) prescription 〔prɪˈskrɪpʃən〕 *n.* 處方箋

(D) explanation 〔ˌɛkspləˈneʃən〕 *n.* 解釋

* handle 〔ˈhændḷ〕 *v.* 處理
　mathematical 〔ˌmæθəˈmætɪkḷ〕 *adj.* 數學的

120. (**C**) 不幸的是，我們的<u>規定</u>是，除非顧客有辦法證明自己在此購
買，否則無法接受退換商品。

    (A) strategy〔'strætədʒi〕*n.* 策略；戰略

    (B) primacy〔'praɪməsɪ〕*n.* 優先；首要地位

    (C) ***policy***〔'pɑləsɪ〕*n.* 規定；政策

    (D) progeny〔'prɑdʒənɪ〕*n.* 後代

    * unfortunately〔ʌn'fɔrtʃənɪtlɪ〕*adv.* 不幸的是

    accept〔ək'sɛpt〕*v.* 接受   return〔rɪ'tɜn〕*n.* 退貨

    merchandise〔'mɜtʃən,daɪz〕*n.* 商品

    unless〔ʌn'lɛs〕*conj.* 除非   proof〔pruf〕*n.* 證明；證據

121. (**D**) 當公司發言人宣布，全體員工必須接受減薪時，興起了一陣<u>騷
動</u>。

    (A) upswell〔ʌp'swɛl〕*n.* 上漲；腫脹

    (B) uncertain〔ʌn'sɜtn̩〕*adj.* 不確定的

    (C) unbalance〔ʌn'bæləns〕*n.* 不平衡

    (D) ***uproar***〔'ʌp,ror〕*n.* 騷動；譁然

    * spokesperson〔'spoks,pɜsn̩〕*n.* 發言人   ***pay cut*** 減薪

122. (**A**) 雖然在該國內，並沒有太多玩具的需求，但我們還是能<u>出口</u>可
觀的數量給歐洲國家。

    (A) ***export***〔ɪks'pɔrt〕*v.* 出口

    (B) extract〔ɪk'strækɪ〕*v.* 萃取

    (C) explain〔ɪk'splen〕*v.* 解釋

    (D) except〔ɪk'sɛpt〕*v.* 除了

    * demand〔dɪ'mænd〕*n.* 需求

    significant〔sɪg'nɪfəkənt〕*adj.* 可觀的

    amount〔ə'maʊnt〕*n.* 數量

123. (**D**) <u>雖然</u>蒂娜是個醫生，但她的雙胞胎姊妹是個有成就的芭蕾舞者。

    依文法與句意，前後兩句相對且有比較意為，故選 (D)
While。

* ***medical doctor*** 醫生　　twin〔twɪn〕*n.* 雙胞胎
accomplished〔əˈkɑmplɪʃt〕*adj.* 有成就的；成功的
ballerina〔ˌbæləˈrinə〕*n.* 芭蕾舞者

124.(**C**) 新藥的實驗室測試相當<u>看好</u>，因此公司計畫繼續發展。

(A) dubious〔ˈdjubjəs〕*adj.* 不確定的

(B) suspicious〔səˈspɪʃəs〕*adj.* 令人懷疑的

(C) ***promising***〔ˈprɑmɪsɪŋ〕*adj.* 看好；有前途的

(D) talented〔ˈtæləntɪd〕*adj.* 有天分的

* laboratory〔ˈlæbrəˌtɔrɪ〕*n.* 實驗室
medicine〔ˈmɛdəsṇ〕*n.* 藥品；藥物　　***go ahead*** 繼續
development〔dɪˈvɛləpmənt〕*n.* 發展

125.(**D**) 過去資方與<u>勞方</u>之間的關係相當艱難，但是最近，大多數的員
工對自己的工作狀況感到很滿意。

(A) service〔ˈsɝvɪs〕*n.* 服務；幫助

(B) employment〔ɪmˈplɔɪmənt〕*n.* 雇用；受雇

(C) work〔wɝk〕*n.* 工作

(D) ***labor***〔ˈlebɚ〕*n.* 勞工；勞方

* relationship〔rɪˈleʃənˌʃɪp〕*n.* 關係
management〔ˈmænɪdʒmənt〕*n.* 管理階層，資方
these days 最近　　condition〔kənˈdɪʃən〕*n.* 狀況

126.(**B**) 目擊者無法<u>指認</u>出嫌犯，因爲他犯罪之後改變了他的外表。

(A) clarify〔ˈklærəˌfaɪ〕*v.* 澄清；釐清

(B) ***identify***〔aɪˈdɛntəˌfaɪ〕*v.* 指認；識別

(C) ratify〔ˈrætəˌfaɪ〕*v.* 批准；認可

(D) classify〔ˈklæsəˌfaɪ〕*v.* 分類；劃分

* witness〔ˈwɪtnɪs〕*n.* 目擊者　　unable〔ʌnˈebḷ〕*adj.* 無法
suspect〔səˈspɛkt〕*n.* 嫌犯
appearance〔əˈpɪrəns〕*n.* 外表
commit〔kəˈmɪt〕*v.* 犯罪　　crime〔kraɪm〕*n.* 罪刑

127. (**A**) 只有<u>百分之</u>十二回答調查的人，把我們的客服評爲平均以上。

依句意，應爲百分之十二，故選 (A) *percent*。

* respond〔rɪ'spɑnd〕*v.* 回答；回應
survey〔sə'veʳ〕*n.* 調查　　rate〔ret〕*v.* 評比；評分
customer service 客服　　*above average* 平均以上

128. (**D**) 葛雷格<u>自從</u>大學畢業之後，就一直被雇爲會計師。

依句意，*ever since* 爲慣用句法，意思爲「自從」，故答案選 (D)。

* employ〔ɪm'plɔɪ〕*v.* 雇用
accountant〔ə'kaʊntənt〕*n.* 會計師
graduation〔͵grædʒʊ'eʃən〕*n.* 畢業

129. (**D**) 這項計畫其中一個<u>最主要的</u>問題，就是缺乏公司內某些特定部門的支持。

(A) most〔most〕*adv.* 最
(B) mutual〔'mjutʃʊəl〕*adj.* 共同的；彼此的
(C) merely〔'mɪrlɪ〕*adv.* 緊緊；只是
(D) *major*〔'medʒɚ〕*adj.* 主要的；最大的

* lack〔læk〕*n.* 缺乏；缺少　　support〔sə'pɔrt〕*n.* 支持
among〔ə'mʌŋ〕*prep.* 在…之間
certain〔'sɝtn̩〕*adj.* 特定的；某些的

130. (**D**) 立法者預測，要找到這項<u>爭議性</u>新法的支持，會相當困難。

(A) decisive〔dɪ'saɪsɪv〕*adj.* 決定性的
(B) commercial〔kə'mɝʃəl〕*adj.* 商業的
(C) widespread〔'waɪd͵sprɛd〕*adj.* 廣泛的
(D) *controversial*〔͵kɑntrə'vɝʃəl〕*adj.* 爭議性的

* legislator〔'lɛdʒɪs͵letɚ〕*n.* 立法者
predict〔prɪ'dɪkt〕*v.* 預測

PART 6 詳解

根據以下電子郵件，回答第 131 至 134 題。

寄件者：利雅‧迪利恩<l_dillion@globalpub.com>
收件者：威廉‧羅伊斯<Williampy@roycephotos.co.fr>
回　覆：投稿人合約
日　期：八月三十日

威廉：

我很高興收到你投稿的《歐洲指南插圖版》第四版照片。
　　　　　　　　　　　　　　　　　　　　　131

> contributor〔kən'trɪbjutɚ〕*n.* 投稿人
> agreement〔ə'grimənt〕*n.* 合約
> thirlled〔θrɪld〕*adj.* 高興；興奮　　receive〔rɪ'siv〕*v.* 收到
> submission〔səb'mɪʃən〕*n.* 投稿；提交
> illustrated〔'ɪləstret〕*adj.* 有插圖的
> guide〔gaɪd〕*n.* 指南　　edition〔ɪ'dɪʃən〕*n.* 版本

131.(**D**) (A) ticket〔'tɪkɪt〕*n.* 票券
　　　　　(B) contract〔'kɑntrækt〕*n.* 合約
　　　　　(C) comment〔'kɑmɛnt〕*n.* 回應；回覆
　　　　　(D) ***photograph***〔'fotə,græf〕*n.* 照片

我相信它們能為我們最新一版的書貢獻良多，特別是你在蒙特卡落
　　　　132
新港拍的照片。然而，我發現你還沒簽署投稿人合約。
　　　　　　　　　　　　133

> contribution〔,kɑntrə'bjuʃən〕*n.* 貢獻；投稿
> particularly〔pɚ'tɪkjelɚlɪ〕*adv.* 特別是
> shot〔ʃɑt〕*n.* 照片　　harbor〔'hɑrbɚ〕*n.* 港口

132.(**B**) 依句意，空格應該填主格代名詞，指的是前面的照片，
　　　　　故選 (D) they。

133. (**A**)　(A)　<u>然而，我發現你還沒簽署投稿人合約</u>

　　　　however〔haʊˈɛvə〕*conj.* 然而
　　　　notice〔ˈnotɪs〕*v.* 注意到　　sign〔saɪn〕*v.* 簽約

　　(B)　除非你有別的想法，我們應該遵照公告的行程
　　　　unless〔ənˈlɛs〕*conj.* 除非　***stick to*** 遵照；遵守
　　　　schedule〔ˈskɛdʒʊl〕*n.* 行程表
　　　　post〔post〕*v.* 公告

　　(C)　如果想開始，選擇清單上其中一個選項，點選連結
　　　　get started 開始　　select〔səˈlɛkt〕*v.* 選擇
　　　　option〔ˈɑpʃən〕*n.* 選項　　list〔lɪst〕*n.* 清單
　　　　click〔klɪk〕*v.* 點選　　link〔lɪŋk〕*n.* 連結

　　(D)　這封電子郵件是從只用來通知的郵件地址寄出，沒
　　　　有辦法接收進來的郵件
　　　　notification〔ˌnotəfəˈkeʃən〕*n.* 通知
　　　　address〔əˈdrɛs〕*n.* 地址
　　　　accept〔əkˈsɛpt〕*v.* 接收
　　　　incoming〔ˈɪnˌkʌmɪŋ〕*adj.* 進入的；進來的

請盡快這麼做。我在附件放上了合約的另一個副本，你<u>可以下載</u>、
　　　　　　　　　　　　　　　　　　　　　　　134
簽名，然後方便時再回傳給我。

祝好，
編輯利雅・迪利恩
全球出版有限公司

　　as soon as possible 盡快　　attach〔əˈtætʃ〕*v.* 附加
　　copy〔ˈkɑpɪ〕*n.* 副本　　return〔rɪˈtɜn〕*v.* 回傳
　　convenience〔kənˈvinjəns〕*n.* 方便　　***regards*** 祝好（信件最後）
　　editor〔ˈɛdɪtə〕*n.* 編輯　　global〔ˈglobḷ〕*adj.* 全球

134. (**C**)　依句意，空格後又連接兩個原型動詞 sign 和 turn，應
　　　　該填助動詞加原型動詞，故選 (D) can download。

根據下面備忘錄，回答第 135 至 138 題。

光明會企業

備忘錄

收件者：所有的員工<all.recipients@illuminati.com>

寄件者：柯林氏・海伍德<colin@illuminati.com>

日　　期：八月四日

回　　覆：新伺服器

新服務提醒

這是一則關於我們要轉換到新伺服器配置的通知。從今天下午五點

<u>起</u>，整個網絡將停止運作，直到進一步的通知。
135

135

> industry（'ɪndəstrɪ）*n.* 產業　　memo（'mɛmo）*n.* 備忘錄
> ***staff member*** 員工　　server（'sɜvə）*n.* 伺服器
> reminder（rɪ'maɪndə）*n.* 提醒
> transition（træn'sɪʃən）*v.* 轉換；過度
> configuration（kən,fɪgjə'reʃən）*n.* 配置；結構
> entire（ɪn'taɪr）*adj.* 整個　　network（'nɛt,wɜk）*n.* 伺服器
> down（daʊn）*adj.* 停止運作的
> further（'fɜðə）*adj.* 更進一步的　　notice（'notɪs）*n.* 通知

135. (**B**)　(A) due to 因爲
　　　　　　(B) ***as of*** 從…起
　　　　　　(C) prior to 在…之前
　　　　　　(D) aside from 除了

<u>因此，把你可能會需要的所有檔案副本都備份是很重要的。</u>要記
136

得，在轉換過程之後，在你們共享資料夾中，任何尚未儲存的文

件都會被<u>永久刪除</u>。
137

> note（not）*v.* 注意　　process（'prɑsɛs）*n.* 過程

unsaved〔ʌn'sevd〕*adj.* 未儲存的
document〔'dɑkjəmənt〕*n.* 文件　　share〔ʃɛr〕*v.* 分享
folder〔'foldɚ〕*n.* 資料夾
permanently〔'pɜmənəntlɪ〕*adv.* 永久地

136. (**D**)　(A) 此外，在翻修的過程中，所有的員工都有必要避免
使用廁所
essential〔ɪ'sɛnʃəl〕*adj.* 必要的
refrain〔rɪ'fren〕*v.* 避免 *< from >*
renovation〔͵rɛnə'veʃən〕*n.* 翻修；更新

(B) 因此，員工必須把留在樓梯間、走廊和公共空間的
所有物品移開
hence〔hɛns〕*adv.* 因此；由此
remove〔rɪ'muv〕*v.* 移開；移去
item〔'aɪtəm〕*n.* 物品
stairway〔'stɛr͵we〕*n.* 樓梯間
hallway〔'hɔl͵we〕*n.* 走廊
common area 公共空間

(C) 所以，請記得在工作週結束後歸還安全識別證
therefore〔'ðɛr͵for〕*adv.* 所以；因此
security badge 安全識別證

(D) <u>因此，把你可能會需要的所有檔案副本都備份是很
重要的</u>
thus〔ðʌs〕*adv.* 因此　　***back-up*** 備份
copy〔'kɑpɪ〕*n.* 副本　　file〔faɪl〕*n.* 資料；檔案

137. (**D**)　依文法與句意，主詞為 unsaved documents，檔案將
被刪除，空格應填未來式被動語態，故選 (D) will be
deleted。

我們很感激你們在過渡期的合作與耐心，這可能要花上二十四小時
才能完成。

如果你仍有問題，請發電子郵件至 colin@illuminati.com，或是打電話至 871-0099。

> appreciate〔ə'priʃɪ,et〕v. 感激；欣賞
> cooperation〔ko,apə'reʃən〕n. 合作
> patience〔'peʃəns〕n. 耐心　　during〔'djurɪŋ〕prep. 在…期間
> transition〔træn'sɪʃən〕n. 過渡期　***take up*** 花（時間）
> complete〔kəm'plit〕v. 完成
> ***shoot sb. an e-mail*** 寄電子郵件給某人
> ***give sb. a call*** 打電話給某人

138. (**A**) 依文法，空格處為代替前面名詞 transition 的關係代名詞，故選 (A) which。

根據下面的電子郵件，回答第 139 至 142 題。

寄件者：陳班<bchen@justducky.com>
收件者：金‧哈汀斯<hastyk@hardhat.com>
回　覆：就是達奇網站
日　期：八月十四日
商品目錄 2.3MB

嗨，金：

就是達奇會在短期內收到秋季商品系列。<u>因此</u>，我們必須更新就是
　　　　　　　　　　　　　　　　　　138
達奇的網站，以反映變動，並促銷我們的新產品。

> product〔'pradʌkt〕n. 商品　　catalog〔'kætḷ,lɔg〕n. 目錄
> line〔laɪn〕n. 系列　　update〔ʌp'det〕v. 更新
> reflect〔rɪ'flɛkt〕v. 反映　　promote〔prə'mot〕v. 促銷；促進

139. (**D**) (A) nevertheless〔,nɛvəðə'lɛs〕adv. 然而
　　　　　　(B) likewise〔'laɪk,waɪz〕adv. 相同地；同樣地
　　　　　　(C) moreover〔mor'ovə〕adv. 另外；此外
　　　　　　(D) ***accordingly***〔ə'kɔrdɪŋlɪ〕adv. 因此

我希望首頁能以鄉村軟木陶器系列爲主角，這個系列極度難找到。
我們是全國唯二允許供應 County Cork 產品的零售商，因此我們
真的很希望它能在網頁上<u>被強調</u>。
　　　　　　　140

> ***home page*** 首頁　　feature〔'fitʃɚ〕*v.* 以…爲特色
> ***ceramic pottery*** 陶器　exceedingly〔ɪk'sidɪŋlɪ〕*adv.* 極度
> retailer〔'ritelɚ〕*n.* 零售商　　allow〔ə'laʊ〕*v.* 允許
> offer〔'ɔfɚ〕*v.* 供應

140. (**B**) 依文法，原句應爲 want it to be emphasized，爲被動
　　　　語態，空格處應爲形容詞，修飾前面名詞 it，故選 (B)
　　　　emphasized。

同時，我想要更新線上購物網頁，以反應各式各樣的改變，例如：
已無庫存，或者是我們停止販賣的商品。<u>我把我們最新目錄放在附</u>
<u>加檔案，其中還包含了一些相關的商品照片</u>。請選出最有吸引力的
　　　　　　　141
<u>圖片</u>放在網站上。
　142

謝謝，
陳班
就是達奇總經理

> meanwhile〔'mɪnhwaɪl〕*adv.* 同時
> update〔ʌp'det〕*v.* 更新　　online〔'ɑn,laɪn〕*adj.* 線上的
> page〔pedʒ〕*n.* 網頁　　reflect〔rɪ'flɛkt〕*v.* 反映
> ***a wide variety of*** 各式各樣的　　***i.e.*** 例如
> merchandise〔'mɝtʃən,daɪz〕*n.* 商品　　***out of stock*** 無庫存
> ***no longer*** 不再　　carry〔'kærɪ〕*v.* 販賣；出售
> select〔sə'lɛkt〕*v.* 選擇　　attractive〔ə'træktɪv〕*adj.* 吸引人的
> site〔saɪt〕*n.* 網站　　***gernal manager*** 總經理

141. (**A**) (A) <u>我把我們最新目錄放在附加檔案，其中還包含了一</u>
　　　　<u>些相關的商品照片。</u>

attach〔ə'tætʃ〕*v.* 附加
contain〔kən'ten〕*v.* 包含；包括
relevant〔'rɛləvənt〕*adj.* 相關的

(B) 我安排了一場午餐會，並且將把可能的客人名單放在附加檔案。

schedule〔'skɛdʒul〕*v.* 安排
luncheon〔'lʌntʃən〕*n.* 午餐會
potential〔po'tɛnʃḷ〕*adj.* 可能的；潛在的
guest〔gɛst〕*n.* 客人

(C) 我下個星期會參觀設施，並且把我的發現附檔給你。

visit〔'vɪzɪt〕*v.* 參觀　　facility〔fə'sɪlətɪ〕*n.* 設施
findings〔'faɪdɪŋz〕*n. pl.* 發現

(D) 我會跟羅賓斯先生見面，他剛好也喜歡難得一見的陶器。

happen to V. 剛好~　　***be fond of*** 喜歡
pottery〔'patərɪ〕*n.* 陶器

142. (**A**) (A) ***image***〔'ɪmɪdʒ〕*n.* 圖片；影像
(B) explanation〔,ɛksplə'neʃən〕*n.* 解釋
(C) chart〔tʃart〕*n.* 圖表
(D) catalog〔'kætələg〕*n.* 目錄

根據下面的備忘錄，回答第 143 至 146 題。

各辦公室間的備忘錄

收件者：全艾弗森設計同事
寄件者：招聘部長李奧納德‧魯賓
主　旨：行銷 AAE
日　期：十一月三日
副　本：無

緊急職缺

全艾弗設計行銷部門有個助理業務執行的緊急職缺。

強大的電腦技能與品牌內容專業知識是<u>必要的</u>。
143

interoffice〔ˋɪntɚͺɔfɪs〕*adj.* 各辦公室間的

memorandum〔ͺmɛməˋrændəm〕*n.* 備忘錄（= *memo*）

design〔dɪˋzaɪn〕*n.* 設計　　associate〔əˋsoʃɪɪt〕*n.* 同伴；同事

Dir. 部長；首長（= *director*）

recruitment〔rɪˋkrutmənt〕*n.* 招聘

subject〔ˋsʌbdʒɪkt〕*n.* 主題；主旨

marketing〔ˋmɑrkɪtɪŋ〕*n.* 行銷

AAE 助理業務執行（= *assistant account executive*）

cc 副本（= *carbon copy*）

immediate〔ɪˋmidɪɪt〕*adj.* 緊急的；立即的

opening〔ˋopənɪŋ〕*n.* 職缺

department〔dɪˋpɑrtmənt〕*n.* 部門　　skill〔skɪl〕*n.* 技能

knowledge〔ˋnɑlɪdʒ〕*n.* 知識　　content〔ˋkɑntənt〕*n.* 內容

branding〔ˋbrændɪŋ〕*n.* 品牌建立

143. (**B**) 依文法，空格處應為一形容詞，意為必要的，故選 (B)

necessary。

偏好網路行銷業務經驗至少三年的候選人。現在我們接受<u>內部應徵</u>
144

者的申請。<u>然而，如果我們沒有收到艾弗森公司足夠數量的符合</u>
145

<u>標準申請，那我們就會把職位開放給一般大眾</u>。

candidate〔ˋkændɪdət〕*n.* 候選人　　sales〔selz〕*n. pl.* 業務

minimum〔ˋmɪnəməm〕*n.* 至少　　***online marketing*** 網路行銷

prefer〔prɪˋfɝ〕*v.* 偏好　　application〔ͺæplɪˋkeʃən〕*n.* 申請

144. (**A**)　(A) ***internal***〔ɪnˋtɝnḷ〕*adj.* 內部的

(B) international〔ͺɪntɚˋnæʃənḷ〕*adj.* 國際的

(C) recent〔ˋrisṇt〕*adj.* 最近的；近期的

(D) early〔ˋɝlɪ〕*adj.* 早的

145. (**C**) (A) 我們爲我們的客戶設計並執行解決方案
design〔dɪ'zaɪn〕*v.* 設計
implement〔'ɪmpləmənt〕*v.* 執行
solution〔sə'luʃən〕*n.* 解決方案

(B) 作爲試用期的一部分，每個工作天，我們會提供作
者不同網站的文章列表
trial period 試用期
provide〔prə'vaɪd〕*v.* 提供

(C) <u>然而，如果我們沒有收到艾弗森公司足夠數量的符
合標準申請，那我們就會把職位開放給一般大衆</u>
receive〔rɪ'siv〕*v.* 收到
sufficient〔sə'fɪʃənt〕*adj.* 足夠的
qualified〔'kwɑlə,faɪd〕*adj.* 符合標準的
position〔pə'zɪʃən〕*n.* 職位
public〔'pʌblɪk〕*n.* 大衆

(D) 請留下名字與電話，我們會有技術人員會儘快回電
technician〔tek'nɪʃn〕*n.* 技術人員
return〔rɪ'tɜn〕*v.* 回電
shortly〔'ʃɔrtlɪ〕*adv.* 儘快；短時間內

關於這個職位更多詳細的<u>描述</u>，可以在 www.frankdesco.com/joinus
146
網站找到。

detailed〔di'teld〕*adj.* 詳細的

146. (**B**) (A) narrative〔'nærətɪv〕*n.* 論述
(B) ***description***〔dɪ'skrɪpʃən〕*n.* 描述
(C) commentary〔'kɑmən,tɛrɪ〕*n.* 評論
(D) critique〔krɪ'tik〕*n.* 批評

PART 7 詳解

根據以下網站，回答第 147 至 148 題。

網址	http://www.centralstatesbank.com/accounts_user	前往	連結

首頁	我的帳戶	轉帳	聯絡我們

中央國家銀行

菲利普 J. 克萊歡迎回來！

現在你能更輕易地進入你的中央國家銀行網站！請花一點時間看過我們改良後新網站的特色。

你將發現有以下特色：

● 網站更簡易的導航。

● 更易讀的視覺展示，還有更現代化的設計。

● 進階的加密設施，確保客戶的機密財務數據能比過去還安全。

● 增加線上客服工具，包含線上直接與銀行代表諮詢的功能。

完成	網際網路

** address〔əˋdrɛs〕*n.* 地址　　link〔lɪŋk〕*n.* 連結

account〔əˋkaʊnt〕*n.* 帳戶　　transfer〔trænsˋfɝ〕*v.* 轉帳

contact〔ˋkɑntækt〕*v.* 聯絡　　central〔ˋsɛntrəl〕*adj.* 中央的

state〔stet〕*n.* 國家；州　　access〔ˋæksɛs〕*v.* 進入

online〔ˋɑnˌlaɪn〕*adj.* 線上的　　feature〔ˋfitʃɚ〕*n.* 特色；特徵

improved〔ɪmˋpruvd〕*adj.* 改良過後的；增進的

among〔əˋmʌŋ〕*prep.* 在…之中　　discover〔dɪˋskʌvɚ〕*v.* 發現

navigation〔ˌnævɪˋgeʃən〕*n.* 導航

readable〔ˋridəbḷ〕*adj.* 易讀的　　visual〔ˋvɪʒʊəl〕*adj.* 視覺的

display〔dɪˋsple〕*v.* 展演；展示　　modern〔ˋmɑdɚn〕*adj.* 現代的

advanced〔ədˋvæns〕*adj.* 進階的；先進的

encryption〔ɪnˋkrɪpʃən〕*n.* 加密設施

ensure〔ɪnˋʃʊr〕v. 確保　　customer〔ˋkʌstəmə〕n. 客戶
sensitive〔ˋsɛnsətɪv〕adj. 機密的
financial〔faɪˋnænʃəl〕v. 財務的　　data〔ˋdetə〕n. pl. 數據
secure〔sɪˋkjʊr〕adj. 安全的　　increase〔ɪnˋkris〕v. 增加
service〔ˋsɝvɪs〕n. 服務　　tool〔tul〕n. 工具
include〔ɪnˋklud〕v. 包含　　ability〔əˋbɪlətɪ〕n. 功能；能力
consult〔kənˋsʌlt〕v. 諮詢
representative〔͵rɛprɪˋzɛntətɪv〕n. 代表
live〔laɪv〕adv. 現場連線地

147.（**A**）克萊先生最有可能是誰？

　　(A) 銀行的客戶。　　　　　　(B) 銀行的經理。
　　(C) 銀行的顧問。　　　　　　(D) 銀行網站的設計師。

　　＊ executive〔ɪgˋzɛkjutɪv〕n. 經理
　　　 consultant〔kənˋsʌltənt〕n. 顧問
　　　 designer〔dɪˋzaɪnə〕n. 設計師

148.（**D**）什麼「不是」新網站的特色之一？

　　(A) 更好的資訊安全。　　　　(B) 更多的客服選擇。
　　(C) 提升的視覺設計。　　　　(D) 所有服務費的表。

　　＊ security〔sɪˋkjʊrətɪ〕n. 安全　　option〔ˋɑpʃən〕n. 選擇
　　　 enhance〔ɪnˋhɛns〕v. 提升　　fee〔fi〕n. 費用

根據以下通知，回答第 149 至 150 題。

班布里奇與黑文斯

法律律師

自1971年起

我們很高興宣布，羅伯特・斯坎隆加入了班布里奇與黑文斯法
律事務所，成為助理律師。

斯坎隆先生於芝加哥大學法律學院畢業，爲優等生，他在那裡主修反壟斷與貿易管制法。在念書時，他在庫克郡的州律師事務所擔任職員。上個暑假，他在斯雷特聯營公司完成了實習，那是一間法律公司，他們的客戶群爲銀行家、投資者，以及其他在金融業的專家。斯坎隆先生有著卓越的服務紀錄，將成爲團隊寶貴的資產。爲了歡迎他進入我們辦公室，請於這週五下午四點三十分，到主會議室加入我們。

** attorney (ə'tɜnɪ) n. 律師　　since (sɪns) conj. 自從
announce (ə'naʊns) v. 宣布　　firm (fɜm) n. 公司
associate (ə'soʃɪɪt) adj. 助理的　n. 同伴；同事
graduate ('grædʒʊ,et) v. 畢業　*magna cum laude* 優等生
University of Chicago 芝加哥大學　*Law School* 法學院
specialize ('spɛʃəlaɪz) v. 以…爲專業　*anti-trust* 反壟斷
trade regulation law 貿易管制法
attend (ə'tɛnd) v. 上大學；參加　　clerk (klɜk) n. 職員
complete (kəm'plit) v. 完成　　internship ('ɪntɜn,ʃɪp) n. 實習
legal ('ligḷ) adj. 法律的
client ('klaɪənt) n. 客戶　　base (bes) n. 基礎；群
include (ɪn'klud) v. 包含　　banker ('bæŋkə) n. 銀行家
investor (ɪn'vɛstə) n. 投資者
professional (prə'fɛʃənḷ) n. 專業人員
financial (fə'nænʃəl) adj. 金融的　　industry ('ɪndəstrɪ) n. 產業
exceptional (ɪk'sɛpʃənḷ) adj. 卓越的　　record ('rɛkəd) n. 記錄
service ('sɜvɪs) n. 服務　　valuable ('væljəbḷ) adj. 有價值的
asset ('æsɛt) n. 資產　　conference ('kɑnfərəns) n. 會議

149. (**C**) 這份通知最有可能在哪裡發布？
　　(A) 銀行。　　　　　　　　(B) 投資公司。
　　(C) 律師事務所。　　　　　(D) 政府單位。

　　* investment (ɪn'vɛstmənt) n. 投資
　　　agency ('edʒənsɪ) n. 單位；公司

150. (**B**) 員工被邀請星期五做什麼？

(A) 參加專業會議。 　　(B) 與新職員見面。

(C) 看音樂劇表演。 　　(D) 參加社區服務團體。

* professional〔 prə`fɛʃənḷ 〕*adj.* 職業的；專業的
  staff〔 stæf 〕*n.* 員工；職員
  musical〔`mjuzɪkḷ 〕*n.* 音樂劇
  performance〔 pɚ`fɔrməns 〕*n.* 表演
  community service 社區服務

根據以下一連串的簡訊，回答第 151 至 152 題。

泰德・馬德里加爾	11:26 a.m.
泰德・馬德里加爾 王奧莉薇亞，妳可以給我沃斯堡計畫的更新狀況嗎？ <div align="right">11:04 a.m.</div>	
王奧麗維亞 我們完成了外部，我們就快要完成內部的整修了。 <div align="right">11:14 a.m.</div>	
泰德・馬德里加爾 就這樣嗎？如果你們在下午一點之前結束的話，我需要你們組的成員來達拉斯的工作幫忙。 <div align="right">11:21 a.m.</div>	
王奧麗維亞 呃，我們還要在後門上另外一層的漆，客戶發現一些髒污。 <div align="right">11:22 a.m.</div>	
泰德・馬德里加爾 什麼？怎麼會這樣？ <div align="right">11:24 a.m.</div>	

王奧麗維亞

不知道，這裡有許多把廚房用具移進去的搬運工，可能是他們做的。

11:24 a.m.

泰德‧馬德里加爾

好吧，下午十二點半的時候再確認一次，讓我知道事情的狀況。

11:25 a.m.

** update (ʌpˊdet) n. 更新　　project (ˊprɑdʒɛkt) n. 計畫；案子
complete (kəmˊplit) v. 完成　　exterior (ɪkˊstɪrɪə) n. 外部
interior (ɪnˊtɪrɪə) n. 內部　　trim (trɪm) n. 修剪；整修
wrap up 結束　　crew (kru) n. 小組成員
coat (kot) n. 一層　　paint (pent) n. 油漆
smudge (smʌdʒ) n. 髒污　　clue (klu) n. 線索
mover (ˊmuvə) n. 搬運工　　appliance (əˊplaɪəns) n. 用具

151. (**A**) 馬德里加爾先生做的是哪一種工作？

(A) 油漆服務。　　　　(B) 房地產公司。

(C) 家具行。　　　　(D) 搬運公司。

* service (ˊsɝvɪs) n. 服務　　***real estate*** 房地產
furniture (ˊfɝnɪtʃə) n. 家具

152. (**B**) 早上 11:24 時，王小姐說「不知道」最有可能是什麼意思？

(A) 她猜不到工作要花多就的時間完成。

(B) 她不確定為什麼會造成這個問題。

(C) 她知道問題的原因。

(D) 她要求有額外的材料。

* guess (gɛs) v. 猜測　　task (tæsk) n. 工作
for sure 確定　　cause (kɔz) v. 造成　n. 原因
identify (aɪˊdɛntəˌfaɪ) v. 認出；知道
additional (əˊdɪʃənḷ) adj. 額外的；另外的
material (məˊtɪrɪəl) v. 材料；素材

根據以下小冊子裡的資訊，回答第 153 至 154 題。

路易斯‧岡瑟植物園

正常開放時間

每日：早上九點至下午五點

感恩節、12 月 24 日、12 月 25 日休息

入園費

大人	$13
老人（55 歲以上）	$11
軍人（需證件）	$10
小孩（3 至 12 歲）	$8
小孩（3 歲以下）	免費

免費入園日期：
岡瑟免費社區日
（9 月 5 日星期日）

請注意──特殊活動，如：領地花園、光節，
以及其他非正常開放時間的活動，可能會有
不同的票價。

被認可為美國最棒花園之
一，最近在「美國現
在十大花園競賽」中獲
選為第三名

週六、週日早上有私人
導覽活動，可以打電話
給我們活動專員雷吉斯‧
柳伯 (303)778-0022 安排

若想要說明，及關於
我們展覽的資訊，或是
想看我們的活動，
請見我們的網站
www.gardenbotanical.com

** ***botanical garden*** 植物園　　***regular hours*** 正常開放時間
daily〔ˋdelɪ〕*adj.* 每天的　　***Thanksgiving Day*** 感恩節
admission〔ədˋmɪʃən〕*n.* 入園費　　adult〔ˋædʌlt〕*n.* 成人
senior〔ˋsinɪɚ〕*n.* 年長者　　military〔ˋmɪlɪˌtɛri〕*n.* 軍人
ID 身分證件（＝ *Identification*）
community〔kəˋmjunətɪ〕*n.* 社區　　note〔not〕*v.* 注意
event〔ɪˋvɛnt〕*n.* 活動　　festival〔ˋfɛstəvļ〕*n.* 節慶

recognize〔'rɛkəg͵naɪz〕v. 被認可

recently〔'risn̩tlɪ〕adv. 最近　　vote〔vot〕v. 投票；票選

contest〔'kɑntɛst〕n. 比賽；競賽　　*private tour* 私人導覽

available〔ə'veləbļ〕adj. 可取得的

arrange〔ə'rendʒ〕adj. 安排　　contact〔'kɑntækt〕v. 聯絡

coordinator〔ko'ɔrdn̩͵etə〕n. 專員

direction〔dɪ'rɛkʃən〕n. 方向　　exhibition〔͵ɛksə'bɪʃən〕n. 展覽

153. (**B**) 關於路易斯‧岡瑟植物園有什麼暗示？

　　　(A) 有個當地的藝廊。

　　　(B) <u>特殊活動可能會有不同的入場費。</u>

　　　(C) 以兒童遊樂場為特色。

　　　(D) 只要提出需求，提供星期一的時段。

　　　* indicate〔'ɪndɪket〕v. 暗示　　*art gallery* 藝廊

　　　　on-site 當場；當地　　*entry fee* 入場費

　　　　feature〔'fitʃə〕v. 以…為特色

　　　　playground〔'ple͵graund〕n. 遊樂場

　　　　offer〔'ɔfə〕v. 提供　　*upon request* 依照需求

154. (**C**) 根據以上資訊，要怎麼安排私人導覽？

　　　(A) 繳交線上表單。　　　(B) 親自到詢問台。

　　　(C) <u>打電話給他們的員工。</u>

　　　(D) 支付不一樣的入園費。

　　　* submit〔səb'mɪt〕v. 繳交　　online〔'ɑn͵laɪn〕adj. 線上的

　　　　form〔fɔrm〕n. 表單；表格　　*information desk* 詢問台

　　　　staff member 員工

根據以下通知，回答第 155 至 157 題。

伯頓 電影學院	史塔克‧泰坦工作室
	迷你電影節
	六月二十日星期六，晚上八點

伯頓電影學院主辦了一個迷你電影節，由好萊塢知名的史塔克・泰坦工作室所製作。本系列電影的第一部爲博納維爾夜晚，即將於六月二十日星期六，晚上八點於學院的遠景電影院，也就是在善人堂裡面所播映。D.P. 史坦霍瑟教授，也就是《好萊塢：過去與現在》的作者會介紹第一部史塔克・泰坦工作室所製作的電影，並且發表一小段演講。這部電影於一九三九年由卡爾・奴南所導演，並由著名的戲劇演員潔恩・格雷夫斯主演。

每天早上九點至晚上九點，可以於遠景電影院售票處購買電影票。本次活動的入場費，有 BAC 學生證的同學是十二元，一般大衆爲十八元。迷你電影節的通行證也可以在售票處取得，學生價爲五十元，一般大衆爲七十五元。

想要迷你電影節的完整電影與活動表，請見學院官方網站：
www.burtonac.org/mini_festival

遠景電影院售票處：602-922-1100　　　　　布理維斯藝術公司

** academy〔ə'kædəmɪ〕n. 學院　　cinema〔'sɪnəmə〕n. 電影
studio〔'stjudɪ,o〕n. 工作室　***mini film festival*** 迷你電影節
host〔host〕v. 主辦　　produce〔prə'djus〕v. 製作（電影）
famed〔femd〕adj. 知名的　　series〔'sɪrɪz〕n. pl. 系列（電影）
theater〔'θɪətə〕n. 電影院；戲院　　hall〔hɔl〕n. 堂；大廳
professor〔prə'fɛsə〕n. 教授　　introduce〔,ɪntrə'djus〕v. 介紹
brief〔brif〕adj. 簡短的；簡單的　　lecture〔'lɛktʃə〕n. 演講
direct〔dɪ'rɛkt〕v. 執導；導演　　star〔stɑr〕v. 以…爲主角
renowned〔rɪ'naʊnd〕adj. 知名的
dramatic〔drə'mætɪk〕adj. 戲劇的　　purchase〔'pɝtʃəs〕v. 購買
box office 售票處　　admission〔əd'mɪʃən〕n. 入場費
identification〔aɪ,dɛntɪfɪ'keʃən〕n. 身份證明
general public 一般大衆　　complete〔kəm'plit〕adj. 完整的
listing〔'lɪstɪŋ〕n. 清單　　event〔ɪ'vɛnt〕n. 活動

155. (**C**) 這份通知主旨爲何？

    (A) 教授的第一個出版品。

    (B) 關於表演的課程。

    (C) <u>電影放映。</u>

    (D) 一個新電影院。

    * publication〔ˌpʌblɪˋkeʃən〕*n.* 出版品；出版

156. (**B**) 關於 D.P. 史坦霍瑟有什麼暗示？

    (A) 他在伯頓電影學院就學。

    (B) <u>他寫了一本關於好萊塢電影的書。</u>

    (C) 他主演一部老電影。

    (D) 他是潔恩・格雷夫斯的丈夫。

    * attend〔əˋtɛnd〕*v.* 就學　　feature〔ˋfitʃə〕*v.* 主演

157. (**A**) 提到了什麼關於學院學生的事情？

    (A) <u>他們有資格有入場費的折扣。</u>

    (B) 他們可以申請在電影院售票處任職。

    (C) 他們應該在六月二十日之前註冊課程。

    (D) 他們被要求上一門電影史的課。

    * mention〔ˋmɛnʃən〕*v.* 提到；提及

    entitle〔ɪnˋtaɪtl〕*v.* 使有…的資格

    discount〔ˋdɪskaʊnt〕*v.* 折扣　　apply〔əˋplaɪ〕*v.* 申請

    employment〔ɪmˋplɔɪmənt〕*n.* 工作；雇用

    register〔ˋrɛdʒɪstə〕*v.* 註冊　　***no later than*** 在…之前

    require〔rɪˋkwaɪr〕*v.* 要求　　course〔kɔrs〕*n.* 課程

根據以下的廣告，回答第 158 至 160 題。

腳踏車光譜
亞利桑那州的主要腳踏車 銷售－租賃－服務

腳踏車光譜公司很榮幸宣布，四月十五日，這個星期天，
要在東谷展開第五間商店的盛大開幕
我們邀請新舊客戶參觀我們最新的據點，
就在 斯科茨代爾舊城區的印地安學校路和四十街上。

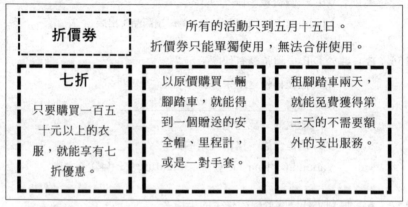

營業時間：每天早上十點到晚上九點　　電話：707-440-1212

** cycle〔'saɪkl̩〕n. 腳踏車　　spectrum〔'spɛktrəm〕n. 光譜
premier〔'primɪə〕adj. 主要的　　announce〔ə'naʊns〕v. 宣布
Grand Oppening 盛大開幕　　valley〔'vælɪ〕n. 山谷
invite〔ɪn'vaɪt〕v. 邀請　　customer〔'kʌstəmə〕n. 客戶
location〔lo'keʃən〕n. 據點；地點　　coupon〔'kupɑn〕n. 折價券
offer〔'ɔfə〕n. 提議；建議　　expire〔ɪk'spaɪr〕v. 失效；過期
single-use 單獨使用　　combine〔kəm'baɪn〕v. 合併
purchase〔'pɝtʃəs〕n. 購買　　*full price* 原價
complimentary〔ˌkɑmplə'mɛntərɪ〕adj. 贈送的；免費的
helmet〔'hɛlmɪt〕n. 安全帽　　odometer〔o'dɑmətə〕n. 里程計
glove〔glʌv〕n. 手套　　rent〔rɛnt〕v. 租用
additional〔ə'dɪʃənl̩〕adj. 額外的　　*store hours* 營業時間

158.(**C**) 這在廣告什麼？
　　　　(A) 新腳踏車模型。　　　　(B) 改變所有權。
　　　　(C) 新商店據點。　　　　(D) 周年慶。

　* advertise〔'ædvə͵taɪz〕v. 廣告　　model〔'mɑdḷ〕n. 模型
　ownership〔'onə͵ʃɪp〕n. 所有權
　anniversary〔͵ænə'vɝsərɪ〕n. 周年
　celebration〔͵sɛlə'breʃən〕n. 慶祝

159. (**A**) 根據廣告，客人要如何得到免費的腳踏車附件？

　　(A) 買一台腳踏車。　　　　(B) 花一百五十元買衣服。
　　(C) 在特定日子到店裡。　　(D) 租腳踏車一個周末。

　* receive〔rɪ'siv〕v. 得到
　accessory〔æk'sɛsərɪ〕n. 附件
　certain〔'sɝtṇ〕adj. 特定的

160. (**D**) 關於折價券有什麼暗示？

　　(A) 會在四月十五日發出。　(B) 只提供新客戶使用。
　　(C) 所有據點都能收。　　　(D) 五月十五日前使用。

　* distribute〔dɪ'strɪbjut〕v. 分發
　accept〔ək'sɛpt〕v. 接受

根據以下的文章，回答第 161 至 163 題。

南部大學新住宅區

八月二日——上個星期五在勞倫斯的詹金斯路和謝菲爾德街的交叉入口有一場破土儀式，南部大學要在那裡蓋一棟全新的混合使用住宅區，名為沃特森塔。南部大學校長巴克‧萊維特在建地翻起了滿滿的第一鏟土，建築地位於主要校區的北方一百碼處。---[1]---。

沃特森塔是南部大學（公家機構）與聯合夥伴公司（當地的房地產開發公司）合資的工程。主要由二十五層的雙子星大樓所組成。---[2]---。聯合公司會負責開發建地，並管理商店的營運。

「一直到最近，大部分的學生都是通勤族。」萊維特先生說，「現在，我們看到有急速增加的申請者，要求要有校園內的住宿。---[3]---。我們去年春天蓋好的高樓層宿舍在某種程度上有幫助。但是等到這個計畫完成，我們就能為我們的學生提供更好的服務。」住宅區和校區中間會由風景步道連結。

許多商店已經表達出對住宅區中的租賃空間有興趣，其中包含一些服飾店與餐廳。---[4]---。聯合的主要建築師丹‧特納說，他與一間連鎖的超是談過，他們對於在這個新地點開幕有興趣。

員工新聞，特雷弗‧蒂莫西

** housing〔'haʊzɪŋ〕n. 住宅區
ground-breaking ceremony 破土儀式　　*take place* 舉辦；發生
mix-use 混用的　　*residential complex* 住宅區
tower〔'taʊɚ〕n. 塔；高塔　　president〔'prɛzədənt〕adj. 校長
shovelful〔'ʃʌvful〕n. 一鏟子的量　　dirt〔dɜt〕n. 泥土
site〔saɪt〕n. 建地；工地　　located〔'loketɪd〕adj. 位於…的
yard〔jɑrd〕n. 碼　　main〔men〕adj. 主要的
campus〔'kæmpəs〕n. 校區；校園

joint venture 合資案　　*public institution* 公家機關
property development firm 房地產開發公司
consist of 由…所組成　　*twin buildings* 雙子星大樓
develop〔dɪ'vɛləp〕v. 開發　　manage〔'mænɪdʒ〕v. 管理
retail〔'ritel〕n. 零售商　　operation〔ˌɑpə'reɪʃən〕n. 運作

recently〔'risntlɪ〕adv. 最近　　commuter〔kə'mjutɚ〕n. 通勤者
sharp increase 急速增加　　applicant〔'æplɪkənt〕n. 申請者
request〔rɪ'kwɛst〕v. 要求　　*on-campus housing* 校園內住宿
high-rise 高樓層　　dormitory〔'dɔrməˌtərɪ〕n. 宿舍
to some extent 在某種程度上而言　　project〔'prɑdʒɛkt〕n. 計畫
complete〔kəm'plit〕v. 完成　　position〔pə'zɪʃn〕n. 位置
scenic〔'sɪnɪk〕adj. 風景的　　footpath〔'futˌpæθ〕n. 步道

several〔'sɛvərəl〕adj. 好幾個　　express〔ɪk'sprɛs〕v. 表達
leasing〔'lisɪŋ〕adj. 租賃的　　space〔spes〕n. 空間
chief〔tʃif〕adj. 主要的　　architect〔'arkə,tɛkt〕n. 建築師
chain〔tʃen〕n. 連鎖企業　　location〔lo'keʃən〕n. 據點
staff〔stæf〕n. 員工　　reporter〔rɪ'portɚ〕n. 報導；新聞

161. (**A**) 萊維特先生是誰？

(A) 大學行政人員。　　　(B) 商店店員。
(C) 建築師。　　　　　　(D) 房地產開發商。

　　* administrator〔əd'mɪnə,stetɚ〕n. 行政官員
　　　clerk〔klɝk〕n. 店員

162. (**C**) 丹・特納試圖要吸引什麼樣的店家到沃特森塔？

(A) 電影院。　　　　　　(B) 書店。
(C) 超市。　　　　　　　(D) 健身俱樂部。

　　* *fitness club* 健身俱樂部

163. (**B**) 標示 [1]、[2]、[3]、[4] 的地方，哪個地方可以放入下列句子？
　　　　「每棟的一樓都會有零售空間，學生公寓則在上面的樓層。」

(A) [1]。　　　　　　　(B) [2]。
(C) [3]。　　　　　　　(D) [4]。

　　* belong〔bə'lɔŋ〕v. 屬於　　*ground level* 一樓

根據以下信件，回答第 164 至 167 題。

西北貿易會談

第四卷
第十二期
由西北貿易委員會出版

柴契爾集團預見明亮的未來

斯波坎國際機場（GEG）與柴契爾集團正在慶祝空流 365 的開幕，那是 GEG 的地面配套設施的最新附加措施。這個設施是 GEG 同款式中

的最大一個，擁有兩百名員工，並且包含了四十位技術人員；除此之外，還有配備維修商店、存放備件的儲藏區、清洗烘乾站，還有上漆站。空流 365 是由柴契爾集團資助，目前也是由集團所擁有、管理。以三千四百九十萬元的價格打造，這項設施服務柴契爾航空、西北航空與阿拉斯加運輸公司的地面配套設施。集團決定，現在正是擴展機場維修服務的時候。

「所有的技術設備皆受制於磨損與損耗。」空流 365 的操作與後勤支持長凱文·希普表示，「隨著航班迅速增加，系統也變得越來越受限。我們的目標是要趕在輕微的不便成爲眞正的問題之前，藉由建立更多的維護維修能力，領先潛在的故障數量。」

希普補充，當乘客報到和領取行李時，最有可能第一手發現空流 365的效果。「有著正常運作的輸送帶，報到可能會變得更加順暢。此外，因爲有更多行李車可以運作，行李會更快抵達領行李區。而且當然，航班延誤會變得比較少，因爲地勤人員會花較少的時間在貨物和物資的裝卸上面。

** tradetalk〔'tred,tɔk〕*n.* 貿易會談　　volume〔'vɑljəm〕*n.* 卷
issue〔'ɪʃʊ〕*n.* 期　　publish〔'pʌblɪʃ〕*v.* 出版
trade〔tred〕*n.* 貿易　　commission〔kə'mɪʃən〕*n.* 委員會
bright〔braɪt〕*adj.* 明亮的　　*international airport* 國際機場
group〔grup〕*n.* 集團　　celebrate〔'sɛlə,bret〕*v.* 慶祝
opening〔'opənɪŋ〕*n.* 開幕　　latest〔'letɪst〕*adj.* 最新的；最近的
addition〔ə'dɪʃən〕*n.* 附加；增加　　*support facility* 配套措施
staff〔stæf〕*n.* 員工　　include〔ɪn'klud〕*v.* 包含
mechanic〔mə'kænɪk〕*n.* 技術人員
additionally〔ə'dɪʃənlɪ〕*adv.* 此外
equipment〔ɪ'kwɪpmənt〕*n.* 配備　　repair〔rɪ'pɛr〕*n.* 修復
storage area 儲存區　　*spare part* 備件
finance〔fə'næns〕*v.* 資助　　currently〔'kʌrəntlɪ〕*adv.* 目前
own〔on〕*v.* 擁有　　manage〔'mænɪdʒ〕*v.* 管理

equip〔ɪˈkwɪp〕v. 使配備有　　service〔ˈsɝvɪs〕n. 服務

airline〔ˈɛrˌlaɪn〕n. 航空公司　　express〔ɪkˈsprɛs〕n. 快遞公司

expand〔ɪkˈspænd〕v. 擴展　　maintenance〔ˈmentənəns〕n. 維修

mechanical〔məˈkænɪkḷ〕adj. 技術的　　*subject to* 受制於

wear and tear 磨損　　state〔stet〕v. 表示

operation〔ˌɑpəˈreʃən〕n. 操作

logistical〔loˈdʒɪstɪkḷ〕adj. 後勤的

rapid〔ˈræpɪd〕adj. 急速的　　flight〔flaɪt〕n. 航班

system〔ˈsɪstəm〕n. 系統　　strained〔strend〕adj. 受限的

goal〔gol〕n. 目標　　*get ahead of* 趕在…之前

potential〔pəˈtɛnʃəl〕adj. 潛在的

malfunction〔mælˈfʌŋkʃən〕n. 故障

capacity〔kəˈpæsətɪ〕n. 能力　　minor〔ˈmaɪnɚ〕adj. 輕微的

inconvenience〔ˌɪnkənˈvinjəns〕n. 不方便

genuine〔ˈdʒɛnjʊɪn〕adj. 真正的

passenger〔ˈpæsṇdʒɚ〕n. 乘客　　claim〔ˈklem〕v. 認領

baggage〔ˈbægɪdʒ〕n. 行李　　properly〔ˈprɑpəlɪ〕adv. 正常地

conveyor belt 輸送帶　　smooth〔smuθ〕adj. 平順的；順暢的

moreover〔morˈovɚ〕adv. 此外　　cart〔kɑrt〕n. 手推車

operational〔ˌɑpəˈreʃənḷ〕adj. 可運作的　　delay〔dɪˈle〕v. 延誤

load〔lod〕v. 上貨　　unload〔ʌnˈlod〕v. 下貨

cargo〔ˈkɑrgo〕n. 貨物　　supply〔səˈplaɪ〕n. 物資

ground crew 地勤人員

164.（**A**）根據此篇文章的內容，興建空流 365 的原因是什麼？

　　(A) 對於維修服務的需求增加。

　　(B) 機場中新的三家航空公司想要有專用的設施。

　　(C) 機場裡面沒有類似的設施。

　　(D) 現存的設施因整修所以要關閉。

　　* increasing〔ɪnˈkrisɪŋ〕adj. 增加的

　　　demand〔dɪˈmænd〕n. 需求

　　　renovation〔ˌrɛnəˈveʃən〕n. 整修

165.(**D**) 可從內文中推測出柴契爾集團？

    (A) 擁有斯波坎國際機場。

    (B) 在複數的國家擁有辦公室。

    (C) 計畫雇用 365 位額外員工。

    <u>(D) 投資三千四百九十萬元在地面配套的改進上。</u>

    * multiple〔ˋmʌltɪpl̩〕*adj.* 複數的
      additional〔əˋdɪʃən̩l〕*adj.* 額外的

166.(**C**) 在空流 365 設施裡的員工負責做什麼工作？

    (A) 保養機場跑道。   (B) 打造新的飛機。

    <u>(C) 載卸乘客行李。</u>   (D) 協助乘客票務。

    * maintain〔menˋten〕*v.* 維修；保養
      construct〔kənˋstrʌkt〕*v.* 打造；建設
      assist〔əˋsɪst〕*v.* 協助

167.(**D**) 下列哪一項「不是」內文中提及能為乘客帶來的好處？

    (A) 乘客可以更加方便地辦理登機。

    (B) 乘客可以體驗到較少的航班延誤。

    (C) 乘客可以更加快速地領取行李。

    <u>(D) 乘客可以享受更為優惠的票價。</u>

    * *check in* 辦理登機   luggage〔ˋlʌgɪdʒ〕*n.* 行李

根據以下小冊子，回答第 168 至 171 題。

保護你個人的金融未來

我們 D.W.福爾曼集團致力於幫助客人達成金融目標。我們的諮詢團隊會幫你設計個人的投資計劃，目的是確保長期的財務安全。超過四十年前成立於聖地牙哥，唐納德・威士拿・福爾曼會計公司，也就是 D.W.福爾曼集團已經從一個相較之下默默無聞的公司，成長為同行中最受人尊敬的公司之一。

我們以此為傲：

可親性：與我們競爭者不同的是，我們確保諮詢師只專注於限定數量的客戶。當客戶數量增加時，我們就會雇用更多的諮詢師。因此，無論你何時有問題、需要、擔憂，都能在打電話當天，就與相關人員說到話。

創新：我們的尖端軟體讓我們能生產各式各樣的財務報表與預測，給你所需的資訊，通常只需要一下子的通知。

經驗：我們只雇用最有經驗與知識的諮詢師，他們都有頂尖大學的經濟或金融高等學位。我們的員工也包含了國際市場的專員，他們很希望能分享自己對於國外投資的看法。

福爾曼集團高階職員：

費城
全球專員艾文・查普曼
ichapman@dwforemangroup.com

聖地牙哥主席
蘇菲亞・克雷斯皮
skrespi@dwforemangroup.com

紐約
貨款專員布蘭登・斯威尼
bsweeney@dwforemangroup.com

房地產專員呂得斯・布朗
Ibrown@dwforemangroup.com

西雅圖
國內專員亞伯・史東
astone@dwforemangroup.com

若需要更多資訊，請見我們的網站 www.dwforemangroup.com

** protect〔prə'tɛkt〕v. 保護　　financial〔fə'nænʃəl〕adj. 財務的
group〔grʊp〕n. 集團　　***be commited to*** 致力於
achieve〔ə'tʃiv〕v. 達成　　goal〔gol〕n. 目標
consultant〔kən'sʌltənt〕n. 諮詢師　　design〔dɪ'zaɪn〕設計
investment〔ɪn'vɛstmənt〕n. 投資
approve〔ə'pruv〕v. 設下目標　　ensure〔ɪn'ʃjʊə〕v. 確保
security〔sɪ'kjʊrətɪ〕n. 安全　　***long term*** 長期

found〔faund〕v. 建立　　San Diego〔ˌsændɪˈego〕n. 聖地牙哥
decade〔ˈdɛked〕n. 十年　　accounting〔əˈkauntɪŋ〕n. 會計
relatively〔ˈrelətɪvlɪ〕adv. 相較之下
obscure〔əbˈskjur〕adj. 默默無名的　　firm〔fɜm〕n. 公司
respected〔rɪˈspɛktɪd〕adj. 受人尊敬的
institution〔ˌɪnstəˈtuʃən〕n. 機構

***pride** oneself* 自豪　　accessibility〔æk,sɛsəˈbɪlətɪ〕n. 可親性
competitor〔kəmˈpɛtətə〕n. 競爭者　　***focus on*** 專注於
limited〔ˈlɪmɪtɪd〕adj. 有限的　　account〔əˈkaunt〕n. 客戶
base〔bes〕n. 基數　　expand〔ɪkˈspænd〕v. 變大；擴展
concern〔kənˈsɜn〕n. 擔憂

innovation〔ˌɪnəˈveʃən〕n. 創新　　***cutting-edge*** adj. 尖端的
software〔ˈsɔftˌwɛr〕n. 軟體　　enable〔ɪˈnebl〕v. 使…能夠
produce〔prəˈdjus〕v. 製造　　***a wide range of*** 各式各樣的
report〔rɪˈport〕n. 報告；報表
projection〔prəˈdʒɛkʃən〕n. 計畫；預測

senior staff 高階職員　　Philadelphia〔ˌfɪləˈdɛlfjə〕n. 費城
president〔ˈprɛzədənt〕n. 主席　　New York〔ˈnjuˌyork〕n. 紐約
loan〔lon〕n. 貸款　　***real estate*** 房地產
Seattle〔sɪˈætl̩〕n. 西雅圖　　domestic〔dəˈmɛstɪk〕adj. 國內的

advanced〔ədˈvænst〕adj. 優良的　　degree〔dɪˈgri〕n. 學位
economics〔ˌikəˈnɑmɪks〕n. 經濟學
leading univiersity 頂尖大學　　staff〔stæf〕n. 員工；工作人員
include〔ɪnˈklud〕v. 包含　　specialist〔ˈspɛʃəlɪst〕n. 專家；專員
international market 國際市場　　eager〔ˈigə〕adj. 渴望的
insight〔ˈɪnsaɪt〕n. 洞見　　***foreign investing*** 國外投資

168. (**C**) D.W.福爾曼集團提供什麼樣的服務？

    (A) 電腦支援。　　　　(B) 商業行銷。

    (C) 財務規劃。　　　　(D) 建築營建。

    * support〔səˈport〕n. 支持

marketing〔'mɑrkɪtɪŋ〕*n.* 行銷
construction〔kən'strʌkʃən〕*n.* 建設；營建

169.(**B**) 可從內文中推測 D.W. 福爾曼集團的何項資訊？
 (A) 創辦人是蘇菲亞・克雷斯皮。
 (B) <u>曾經更改過名稱。</u>
 (C) 提供比競爭對手更低廉的價格。
 (D) 曾與其他公司進行整併。
 * establish〔ə'stæblɪʃ〕*v.* 創立 offer〔'ɔfɚ〕*v.* 提供
 merge with 和…合併

170.(**C**) 關於 D.W.福爾曼集團的諮詢師，可從內文中推測出什麼？
 (A) 他們到各地旅遊。
 (B) 他們在當地大學教書。
 (C) <u>他們使用優良的電腦程式。</u>
 (D) 他們盡所能管理越多的客戶。
 * extensively〔ɪk'stɛnsɪvlɪ〕*adv.* 廣泛地

171.(**A**) 可從內文中獲得關於查普曼先生的什麼資訊？
 (A) <u>他是國際投資的專家。</u>
 (B) 他在西雅圖工作。
 (C) 他是新聘用的諮詢師。
 (D) 他跟布朗小姐在同一間辦公室工作。
 * hire〔'haɪɚ〕*v.* 雇用

根據以下電子郵件，回答第 172 至 175 題。

寄件者：	維諾妮卡・戈斯
收件者：	所有員工
回　覆：	桑翠克斯科技
日　期：	十二月二日

同事們好：

爲了降低本公司的能源消耗，環境諮詢委員會決定向桑翠克斯科技公司購買新的自動化系統。全辦公室的系統會自動調節溫控器與頭頂照明系統，好適應我們平常的工作時間表。

例如，每個工作天的晚上八點，全辦公室的燈就會自動關掉，或是變暗（除了走廊和樓梯間的燈之外）。同樣的，在星期六和星期天，溫度會維持在穩定的華氏 70 度，而不是像平日的 72 度。這項新系統能幫助我們降低每個月的水電費，最高可達百分之 15，也能幫助我們符合節能目標。

我們知道，你們其中有些人會比其他人還要更受到這些改變的影響，特別是那些工作時程表和一般工作時間不符合的人。如果你有這樣的狀況，請聯絡人事部門，要求換辦公室，因爲大樓的某些區域會設定比較晚的時程表。如果有其他困擾，請聯絡你的主管。

祝好
作業部副部長　維諾妮卡・戈斯

** fellow〔'fɛlo〕 *n.* 同伴　　effort〔'ɛfət〕 *n.* 努力
reduce〔rɪ'djus〕 *v.* 減少　　energy〔'ɛnə.dʒɪ〕 *n.* 能量
consumption〔kən'sʌmpʃən〕 *n.* 消耗
Enviornment Advisory Board 環境諮詢委員會
automatic system 自動化系統　　***office-wide*** *adj.* 全公司的
system〔'sɪstəm〕 *n.* 系統
automatically〔.ɔtə'mætɪkḷɪ〕 *adv.* 自動地
regulate〔'rɛgjə.let〕 *v.* 調節　　thermostat〔'θɝmostæt〕 *n.* 溫控器
overhead〔'ovə.hɛd〕 *adj.* 頭頂的　　lighting〔'laɪtɪŋ〕 *n.* 燈光
accommodate〔ə'kɑmə.det〕 *v.* 適應　　dim〔dɪm〕 *v.* 使變暗
hallway〔'hɔl.we〕 *n.* 走廊　　stairwell〔'stɛr.wɛl〕 *n.* 樓梯門
likewise〔'laɪk.waɪz〕 *adv.* 相同地
temperature〔'tɛmpərətʃə〕 *n.* 溫度　　***in stead of*** 取代

utility bill 水電費　　conservational〔͵kɑnsə'veʃənḷ〕*adj.* 保護的
acknowledge〔 ək'nɑlıdʒ〕*v.* 認知；知道　　affect〔 ə'fɛkt〕*v.* 影響
particularly〔 pə'tıkjələlı〕*adv.* 特別是　　***conform to*** 符合
regular〔'rɛgjələ〕*adj.* 一段的　　situation〔͵sıtʃu'eʃən〕*n.* 狀況
apply to 適用於　　***personnel department*** 人事部門
section〔'sɛkʃən〕*n.* 區域　　operation〔͵ɑpə'reʃən〕*n.* 運作

172. (**D**) 撰寫這封電子郵件的目的是什麼？

    (A) 鼓勵員工培養更有效率的工作習慣。

    (B) 提供員工從家裡工作的機會。

    (C) 釐清新環境法的要求。

    (D) <u>解釋工作環境條件即將來臨的變化。</u>

    * encourage〔 ın'kɝıdʒ〕*v.* 鼓勵
     develop〔 dı'vɛləp〕*v.* 培養
     efficient〔 ə'fıʃənt〕*adj.* 有效率的
     opportunity〔͵ɑpə'tjunətı〕*n.* 機會
     clarify〔'klærə͵faı〕*v.* 澄清
     upcoming〔 ʌp'kʌmıŋ〕*adj.* 即將來臨的
     condition〔 kən'dıʃən〕*n.* 條件；狀況

173. (**B**) 文中第二段第三行的「維持」最接近下列哪個意思？

    (A) 取走。　　　　　　(B) <u>保持。</u>

    (C) 確認。　　　　　　(D) 修復。

    * confirm〔 kən'fɝm〕*v.* 確認　　repair〔 rı'pɛr〕*v.* 修復

174. (**C**) 下列何者是內文中有提到關於桑翠克斯產品的好處？

    (A) 可以從辦公室外保養維修。

    (B) 可以在任何工作環境下使用。

    (C) <u>可以為公司節省開支。</u>

    (D) 可以減少員工的工作量。

    * service〔'sɝvıs〕*v.* 做⋯的售後服務；保養維修
     workload〔'wɝk͵lod〕*n.* 工作量

175.(**D**) 信裡面建議員工可以採取什麼行動？

    (A) 改變工作時程表。 (B) 把工作帶回家在周末完成。

    (C) 跟戈斯女士談談。 (D) <u>考慮更換辦公室。</u>

    * switch〔swɪtʃ〕*v.* 更換

根據以下電子郵件，回答第 176 至 180 題。

寄件者：	\<customercare@ballatinecharlotte.com\>
收件者：	\<tan_nguyen@aimconsulting.com\>
回　覆：	訂房 CBS101087
日　期：	十月二十二日

阮先生你好：

感謝你選擇巴蘭坦夏洛特套房。依照你的需求，已經為你們團隊預定了九間房間。

因為你會參加十一月初在飯店這裡舉辦的國家諮詢研討會，你們團隊能得到特別折扣，也就是一個晚上一個房間 149 元。

我們的紀錄顯示，你們團隊所有的成員都會在十一月三日抵達，並於十一月九日離開，是以你的名字訂房。請記得訂房號碼 CBS101087，如果對在此居住有任何需要聯絡的地方，必須提供給我們這個號碼。

我們知道你們團隊會相當享受我們豪華的飯店。除了我們美麗又休閒的中庭、戶外泳池和最先進的設施之外，我們還提供各式各樣的用餐選擇。登喜路酒館就在大廳旁邊平價提供。

如果你對於五星級用餐有興趣的話，不妨試試看我們的金宮飯店，雖非必要但強烈建議先預約。

期待於十一月見到你。

感謝你選擇巴蘭坦夏洛特套房。

巴蘭坦夏洛特套房客服部

** reservation〔‚rɛzɚ'veʃən〕*n.* 預定；預約　　suite〔swɪt〕*n.* 套房
reserve〔rɪ'zɝv〕*v.* 預定；預約
participate〔par'tɪsə‚pet〕*v.* 參與　　consult〔kən'sʌlt〕*v.* 諮詢
symposium〔sɪm'pozɪəm〕*n.* 研討會　　rate〔ret〕*n.* 價碼
record〔rɪ'kɔrd〕*v.* 紀錄　　arrival〔ə'raɪvḷ〕*n.* 抵達
reference〔'rɛfrəns〕*v.* 參照
communication〔kə‚mjunə'keʃən〕*n.* 溝通
regarding〔rɪ'gardɪŋ〕*prep.* 關於
luxurious〔lʌg'ʒurɪəs〕*adj.* 奢華的　　atrium〔'atrɪəm〕*n.* 中庭
state-of-the-art adj. 先進的　　facility〔fə'sɪlətɪ〕*n.* 設施
a variety of 各式各樣的　　option〔'apʃən〕*n.* 選擇
lobby〔'labɪ〕*n.* 大廳　　casual〔'kæʒjuəl〕*adj.* 一般的
fare〔fɛr〕*n.* 價格　　trattoria〔tratə'rɪə〕*n.* 義大利餐館
d'oro〔'dɔro〕*adj.* (義大利文) 金的；金色的
recommend〔‚rɛkə'mɛnd〕*v.* 建議；推薦
look forward to 期望　　*customer care* 客服

寄件者：	<tan_nguyen@aimconsulting.com>
收件者：	<customercare@ballatinecharlotte.com>
回　覆：	訂房 CBS101087
日　期：	十月二十三日

敬啓者：

我的確認代碼是 CBS101087，我寫信給你是爲了弄清楚我的訂房確認中的一些錯誤。我需要的是十間房間，不是九間。此外，雖然我們團隊的其他人會在研討會前一天的晚上報到，我可能會在十一月四日才抵達。

以上資訊是爲了表明我原本的需求。請爲我的訂房做出合適的改變，當修正完成後，請通知我。

謝謝你對此的即時注意。

阮坦

** ***to whom it may concern*** 敬啓者
confirmation〔͵kɑnfəˋmeʃən〕*n.* 確認　error〔ˋɛrɚ〕*n.* 錯誤
booking〔ˋbʊkɪŋ〕*n.* 預購；預定　***in addition to*** 除了…（還有）
eve〔iv〕*n.* 前夕　conference〔ˋkɑnfərəns〕*n.* 會議
indicate〔ˋɪndə͵ket〕*adj.* 指出　original〔əˋrɪdʒənḷ〕*adj.* 原始
applicable〔ˋæplɪkəbḷ〕*adj.* 適當的　notify〔ˋnotə͵faɪ〕*v.* 通知
correction〔kəˋrɛkʃən〕*n.* 修正　complete〔kəmˋplit〕*v.* 完成
prompt〔prɑmpt〕*adj.* 及時的　matter〔ˋmætɚ〕*n.* 事件

176.（**B**）下列哪個飯店記錄中資訊是錯的？

    (A) 會議日期。　　　　　(B) <u>房間數量。</u>
    (C) 付款方式。　　　　　(D) 退房時間。

    * payment〔ˋpemənt〕*n.* 付款　method〔ˋmɛθəd〕*n.* 方式

177.（**D**）第一封郵件目的是什麼？

    (A) 回答關於飯店設施的疑問。
    (B) 安排接駁。
    (C) 解釋飯店房價的更動。
    (D) <u>確認預約的細節。</u>

    * amenity〔əˋmɛnətɪ〕*n.* 設施　arrange〔əˋrendʒ〕*v.* 安排
    transportation〔͵trænspɚˋteʃən〕*n.* 交通；運輸

178.（**B**）內文中暗示了金宮飯店的什麼資訊？

    (A) 最近剛開幕。　　　　(B) <u>生意很好。</u>
    (C) 在巴蘭坦的舞廳旁。　(D) 曾整修過。

    * renovate〔ˋrɛnə͵vet〕*v.* 整修

179.（**A**）關於阮先生有什麼敘述？

    (A) <u>他會比團隊的其他人來得晚。</u>
    (B) 他將不會出席會議。
    (C) 他不想跟同事共用一間房間。
    (D) 他被告知的是錯誤的房價。

　　　　　* attend〔ə'tɛnd〕v. 參加　　colleague〔'kɑlig〕n. 同事
　　　　　misinform〔mɪsɪn'fɔrm〕v. 錯誤告知

180.(**D**) 在第二封信中，第三段的「事情」最接近下列哪個意思？

　　　　　(A) 物質。　　(B) 選擇。　　(C) 長度。　　(D) 情況。

　　　　　* substance〔'sʌbstəns〕n. 物質
　　　　　situation〔ˌsɪtʃʊ'eʃən〕n. 狀況

根據以下通知及日程表，回答第 181 至 185 題。

加入布蘭福漫步者！

六月四日，布蘭福休閒娛樂委員會同意布蘭福漫步者健行社於布蘭福紀念公園的創立。

健行社將於週一至週五的中午碰面，而活動將舉辦在整個夏天。社團將於佩吉大道的公園入口處登山口碰面。

每個參與者都應該穿上舒適的登山鞋，並且帶一瓶飲用水。

有興趣的居民可以打電話，或是到公園的休閒娛樂辦公室登記。

在至少五位成員加入之後，社團將正式聚會。請參見日程表，確認是否有更新或變動。若需要更多資訊，請聯絡社團協調者特里普‧菲爾賓，303-544-0100。

　　** rambler〔'ræmblə〕n. 漫步者
　　recreation〔ˌrɛkrɪ'eʃən〕n. 休閒娛樂
　　committee〔kə'mɪtɪ〕n. 委員會　　approve〔ə'pruv〕v. 同意
　　creation〔krɪ'eʃən〕n. 創立　　hiking〔'haɪkɪŋ〕n. 健行
　　club〔klʌb〕n. 社團　　***memorial park*** 紀念公園
　　run〔rʌn〕v. 運作　　trailhead〔'trel,hɛd〕n. 登山口
　　entrance〔'ɛntrəns〕n. 入口　　boulevard〔'bulə,vard〕n. 大道

participant〔pɚ'tɪsəpənt〕*n.* 參與者　　　***drinking water*** 飲用水
resident〔'rɛzədənt〕*n.* 居民　　register〔'rɛdʒɪstɚ〕*v.* 註冊
officially〔ə'fɪʃəlɪ〕*adv.* 正式地　　minimum〔'mɪnəmən〕*n.* 最少
coordinator〔ko'ɔrdn̩,etɚ〕*n.* 協調者

史蒂芬 D.布蘭福紀念公園
七月份每周活動日程表

週一	週二	週三	週四	週五	週六
下午 12:00 布蘭福漫步者健行社（南步道）	下午 12:00 布蘭福漫步者健行社（南步道）	下午 12:00 布蘭福漫步者健行社（南步道）	下午 12:00 布蘭福漫步者健行社（南步道）	早上 9:30 社區清潔（傑特森港）	早上 10:00「大自然的藝術」兒童繪畫（多布森藝術中心）費用十元，含午餐。
下午 5:30 社區羽毛球（格羅弗球場）	下午 12:15「午餐與學習」賞鳥(勝者亭)費用五元，含午餐	下午 5:30 社區羽毛球（格羅弗球場）	下午 12:15「午餐與學習」賞鳥(勝者亭)費用五元，含午餐	下午 12:00 布蘭福漫步者健行社（南步道）	下午 2:00 布蘭福歷史導覽（牧場屋）二十五元，含全彩紀念指南
			下午 5:30 現組籃球聯盟（第二與第四週）（休閒娛樂場）	下午 5:30 社區羽毛球（格羅弗球場）	

想知道關於以上活動更多詳細資訊，
請聯絡公園的休閒娛樂辦公室 513-909-1233。

** trail〔'traɪəl〕*n.* 步道　　community〔kə'mjunətɪ〕*n.* 社區

harbor〔'hɑrbə〕*n.* 港口　　badminton〔'bædmɪntən〕*n.* 羽毛球

court〔kɔrt〕*n.* 球場　　pavilion〔pə'vɪljən〕*n.* 亭

fee〔fi〕*n.* 費用　　local〔'lokḷ〕*adj.* 當地的

flora〔'florə〕*n.* 花　　*pick-up adj.* 臨時湊成的

league〔lɪg〕*n.* 聯盟　　arena〔ə'rinə〕*n.* 競技場

commemorative〔kə'mɛmə,retɪv〕*adj.* 紀念性的

guidebook〔'gaɪd,bʊk〕*n.* 旅遊指南

detailed〔dɪ'teld〕*adj.* 細節的　　list〔lɪst〕*v.* 表列

181. (**A**) 發布這份通知的目的是什麼？

　　　　(A) 宣布公園的新活動。　　(B) 分享董事會會議的議程。

　　　　(C) 要求義工帶領社團。　　(D) 發表公園的新步道提案。

　　　　* agenda〔ə'dʒɛndə〕*n.* 議程　　*board meeting* 董事會會議
　　　　　request〔rɪ'kwɛst〕*v.* 要求；運輸
　　　　　present〔'prɛznt̩〕*v.* 發表　　proposal〔prə'pozḷ〕*n.* 提案

182. (**D**) 在這份通知中，第五行「運作」這個字的意思最貼近以下何者？

　　　　(A) 抵達。　　　　　　(B) 成長。

　　　　(C) 慢跑。　　　　　　(D) 持續。

　　　　* reach〔ritʃ〕*v.* 抵達

183. (**C**) 七月有什麼活動僅只舉辦兩次？

　　　　(A) 社區羽毛球。　　　　(B) 「午餐與學習」。

　　　　(C) 現組籃球聯盟。　　　　(D) 繪畫。

184. (**D**) 關於七月的健行社暗示了什麼？

　　　　(A) 碰面次數不如原本的計畫。

　　　　(B) 協調者遭到更換。　　(C) 提供瓶裝水給參加者。

　　　　(D) 每一天都在同一地點碰面。

　　　　* frequently〔'frikwəntlɪ〕*adv.* 頻繁地
　　　　　originally〔ə'rɪdʒənḷɪ〕*adv.* 原本

185. (**B**)　可從內文中推測出關於布蘭福紀念公園的什麼資訊？

　　　(A)　由特里普・菲爾賓來監管。

　　　(B)　<u>有專門為兒童策劃的活動。</u>

　　　(C)　其休閒娛樂辦公室在佩吉大道上。

　　　(D)　有游泳池。

　　　* oversee〔͵ovɚˋsi〕 v. 監控；監管
　　　　specifically〔spɪˋsɪfɪklɪ〕 adv. 專門地

根據以下網站和電子郵件，回答第 186 至 190 題。

網址	http://www.ioste.com/home		前往	連結
首頁	關於	計畫	旅遊	

國際離岸科技展（IOsTE）提供世界上最大的海洋科技展示之一。去年有超過五十名講者加入，我們還有計劃各式各樣的特別活動，包含：

● 加爾維斯敦海灣的泛勾石油鑽機導覽。

● 船隻自動軟體大探測的展示。

● 關於二十一世紀導航挑戰的演講，由知名的學者與暢銷家科林・傳屈所發表。

● 國際離岸科技展速成實習計畫，包含了工作坊和小組討論。

今年的研討會肯定會相當具有資訊性且令人驚喜，第五年全新活動。

若想知道更多資訊，請上本計畫網站。

完成	網際網路

　　** program〔ˋprogræm〕 n. 計畫　　travel〔ˋtrævl̩〕 n. 旅遊
　　　international〔͵ɪntɚˋnæʃənl̩〕 adj. 國際的
　　　off-shore〔ˋɔfˋʃor〕 adj. 離岸的　　offer〔ˋɔfɚ〕 v. 提供
　　　display〔dɪˋsple〕 n. 展示　　marine〔məˋrin〕 adj. 海洋的
　　　technology〔tɛkˋnɑlədʒɪ〕 n. 科技　　*a variety of* 各式各樣的
　　　guided tour 導覽　　*oil rig* 石油鑽機　　bay〔be〕 n. 灣區

demonstration〔ˌdɛmən'streʃən〕n. 展示
automation〔ˌɔtə'meʃən〕n. 自動　　software〔'sɔftˌwɛr〕n. 軟體
lecture〔'lɛktʃɚ〕n. 演講　　challenge〔'tʃælɪndʒ〕n. 挑戰
twenty-first-century 21 世紀　　navigation〔ˌnævə'geʃən〕n. 導航
renowned〔rɪ'naʊnd〕adj. 知名的　　scholar〔'skɑlɚ〕n. 學者
best-selling〔'bɛstˌsɛlɪŋ〕adj. 最暢銷的　　author〔'ɔθɚ〕n. 作家
internship〔'ɪntɝnʃɪp〕n. 實習　　workshop〔'wɝkˌʃɑp〕n. 工作坊
panel discussion 小組討論　　conference〔'kɑnfərəns〕n. 會議
informative〔ɪn'fɔrmətɪv〕adj. 有教育性的；資訊量大的
information〔ˌɪnfɚ'meʃən〕n. 資訊

寄件者：	戈登・赫爾姆斯 \<ghelms@sealion.org>
收件者：	卡拉・雷披斯 \<clepiz@sealion.org>
回　覆：	更新
日　期：	七月七日

國際離岸科技展真的是太棒了！我花了一個早上參加在加爾維斯敦海灣的泛勾石油鑽機導覽。真的是太不可思議了，我想這個經驗會成為未來文章的好題材。

不幸的是，我昨天並沒有機會聽到科林・傳屈的演講。

取而代之的是，我花了下午的部分時間看一些新的軟體，並找到販售商。我在實習計畫中旁聽，我也參加了其中一個小組討論。

今年的未來視野獎得主是個創新的工程公司，來自挪威奧斯陸。他們的故事肯定可以激起我們讀者的興趣，而且是個有潛力的重點文章。

我今天晚一點要採訪他們的執行長，我今天晚上會寄給你草稿文章。

如果你想要個人簡歷和一些照片請讓我知道。

祝好，
戈登

** fantastic〔fæn'tæstɪk〕*adj.* 極好的　　spend〔spɛnd〕*v.* 花費

amazing〔ə'mezɪŋ〕*adj.* 不可思議的

subject〔'sʌbʒɪkt〕*n.* 題材　　article〔'ɑrtɪkḷ〕*n.* 文章

unfortunately〔ʌn'fɔrtʃənɪtlɪ〕*adv.* 不幸地

get a chance 有機會　　instead〔ɪn'stɛd〕*adv.* 取而代之的是

check out 查看　　**catch up with** 找到；趕上；追上

vendor〔'vɛndə〕*n.* 販售商　　**be able to** 能夠

attend〔ə'tɛnd〕*v.* 參加　　vision〔'vɪʒən〕*n.* 視野

innovative〔ˌɪnə'vetɪv〕*adj.* 創新的

engineering〔ˌɛndʒə'nɪrɪŋ〕*n.* 工程

Oslo〔'ɑslo〕*n.* 奧斯陸　　Norway〔'nɔrwe〕*n.* 挪威

definitely〔'dɛfənɪtlɪ〕*adv.* 肯定

potential〔pə'tɛnʃəl〕*adj.* 有潛力　　spotlight〔'spɑtˌlaɪt〕*n.* 亮點

interview〔'ɪntəˌvju〕*v.* 訪問

CEO 執行長（= *chief executive officer*）

draft〔dræft〕*n.* 草稿　　photograph〔'fotəˌgræf〕*n.* 照片

profile〔'profaɪl〕*n.* 個人簡歷

寄件者：	戈登・赫爾姆斯 <ghelms@sealion.org>
收件者：	奧斯卡・斯特蘭德爾 <strandell@maersk.com>
回　覆：	照片
日　期：	七月八日

斯特蘭德爾先生您好：

昨天很高興與你談話。我把文章寄給了我的編輯。她很喜歡，想要再做額外的要求。因此我想，我們不知道是否有可能碰面一下，在你離開展覽之前拍一些照片。

我相信照片會提升故事的吸引力。

萬分敬佩，

戈登・赫爾姆斯

** editor〔'ɛdɪtɚ〕 *n.* 編輯　　additional〔ə'dɪʃənḷ〕 *adj.* 額外的
request〔rɪ'kwɛst〕 *n.* 要求　　wonder〔'wʌndɚ〕 *v.* 想知道
possible〔'pɑsəbḷ〕 *adj.* 可能的　　briefly〔'briflɪ〕 *adv.* 簡短地
Expo〔'ɛkspo〕 *n.* 展覽（= *exposition*）
confident〔'kɑnfədənt〕 *adj.* 有自信的　　image〔'ɪmɪdʒ〕 *n.* 影像
enhance〔ɪn'hɛns〕 *v.* 提升　　appeal〔ə'pil〕 *n.* 吸引力
respectfully〔rɪ'spɛktfəlɪ〕 *adv.* 尊敬地

186. (**C**) 根據赫爾姆斯先生的郵件，他沒有參與到會議的什麼活動？
 (A) 導覽。　　　　　　　　(B) 小組討論。
 (C) 演講。　　　　　　　　(D) 工作坊。

187. (**B**) 赫爾姆斯先生的身分最有可能為下列何項？
 (A) 旅行社代辦。　　　　　(B) 記者。
 (C) 工程師。　　　　　　　(D) 雜誌出版者。
 * engineer〔͵ɛndʒɪ'nɪr〕 *n.* 工程師

188. (**A**) 第一封郵件中第四段第三行的「亮點」最接近下列哪種意
 思？
 (A) 作為特色的。　　　　　(B) 遭到丟棄的。
 (C) 隨意的。　　　　　　　(D) 明亮的。
 * featured〔'fitʃəd〕 *adj.* 作為特色的；號召的
 discard〔dɪs'kɑrd〕 *v.* 丟棄
 casual〔'kæʒuəl〕 *adj.* 隨意的

189. (**A**) 從內文中可以推測出國際離岸科技展的什麼資訊？
 (A) 已經增加了講者的數量。
 (B) 已經拉長了活動的長度。
 (C) 設計給剛進業界的新手參加。
 (D) 每年會在不同國家舉辦。
 * increase〔ɪn'kris〕 *v.* 增加
 newcomer〔'nju'kʌmɚ〕 *n.* 新手

190.(**B**) 內文中暗示了關於斯特蘭德爾先生的什麼事？

    (A) 他會在來年的會議上演說。

    (B) <u>他跟赫爾姆斯先生見過面。</u>

    (C) 他是一個知名的攝影家。

    (D) 他最近獲得升遷。

    * promote〔prə'mot〕*v.* 晉升；升遷

根據以下的信件、線上表格與電子郵件，回答第 191 至 195 題。

R.B.歐德斯

克拉倫登山丘路 19901 號

經陸路公園，KS 66214

歐德斯先生您好：

隨信附上你的自助書《無限概念》的三本作者樣書。目前已經可以在我們的網站 www.oakparkpress.com 上面購買，而且即將在五月三日開始在特定的書店中販售。截至目前為止，您的作品在網路上銷售得十分暢銷，我們也期待銷售量的增加。

除了您的免費樣書之外，您也能以五折的價格購買更多您的著作（使用我們網站的線上表格來訂購）。這個折扣也適用於您出版的其他本書：《現在變有錢》與《助你自己成功》。

作為我們寶貴的作者，您也能有權以八五折的折扣購買我們橡樹公園出版社的其他書籍。

感謝您選擇橡樹公園出版社。

溫暖的祝福，

奧利佛・葛蘭

  ** enclosed〔ɪn'klozt〕*adj.* 隨信附上的   copy〔'kɑpɪ〕*n.* 本

    self-help book 自助書   concept〔'kɑnsɛpt〕*n.* 概念

unlimited〔ʌn'lɪmɪtɪd〕*adj.* 無限　　***Web site*** 網址
select〔sə'lɛkt〕*adj.* 特定的　　brisk〔brɪsk〕*adj.* 活絡的；興隆的
expect〔ɪk'spɛkt〕*v.* 期待　　***in addition to*** 除了…（還有）
complimentary〔ˌkɑmplə'mɛntərɪ〕*adj.* 贈送的；免費的
discount〔'dɪskaʊnt〕*n.* 折扣　　author〔'ɔðɚ〕*v.* 創作出版
success〔sək'sɛs〕*n.* 成功　　valued〔'væljʊd〕*adj.* 寶貴的
entitle〔ɪn'taɪtl̩〕*v.* 賦予…權利　　publish〔'pʌblɪʃ〕*v.* 出版
press〔prɛs〕*n.* 出版社　　regard〔rɪ'gɑrd〕*n.* 尊敬

作者訂購表			
作者	R.B. 歐德斯	橡樹公園出版社	
日期	五月十日		

# 數量	書名		價格
5	無限概念		25.00
4	現在變有錢		20.00
2	助你自己成功		10.00
		小計	55.00

若是要購買其他的書，請在下方相關表格輸入作者姓名、書名，與想要的數量。

# 數量	作者	書名	價格
3	魯賓 M.	最大的財富	27.00
		總計	82.00

注意：訂單皆由標準郵寄方式運送，可能要花兩到三個工作天才能送達。如果你選擇快捷郵件的話，我們可以在訂購隔天送達。請於星期一至星期五，早上八點三十分至下午五點三十分中央時區聯絡客服部門 (800) 343-0909。

你準備好要繼續到購物車嗎？

是 ☒

否 ☐

** order〔'ɔrdɚ〕v. 訂購　　form〔fɔrm〕n. 表格
copy〔'kɑpɪ〕n. 册數　　**book title** 書名
desired〔dɪ'zaɪɚ〕adj. 想要的
corresponding〔͵kɑrɪ'spɑnd〕adj. 對應的　　ship〔ʃɪp〕v. 運送
standard〔'stændɚd〕adj. 標準的　　**business day** 工作天
arrive〔ə'raɪv〕v. 抵達　　express〔ɪk'sprɛs〕n. 快捷
option〔'ɑpʃen〕n. 選擇　　deliver〔dɪ'lɪvɚ〕v. 運送
contact〔'kɑntækt〕v. 聯絡　　**customer support** 客服
proceed〔prə'sɪd〕v. 前進　　**shopping cart** 購物車
CST（美國）中央時區（= Central Standard Time）

寄件者：	R.B.歐德斯 <rogerb@teamail.com>
收件者：	橡樹公園出版社 <customersupport@oakparkpress.com>
回覆：	缺少物品
日期：	五月十二日，星期五，下午一點五十分

您好：

我今天收到訂單時，發現少了一本《幫你自己達到成功》。我聯絡我的
的信用卡公司，他們向我確認，我付了兩本書的錢。我知道你們明天沒
有上班；然而，不知道是否能請你確認這件事情，星期一時再回覆我的
電子郵件呢？

感謝，R.B.歐德斯

** notice〔'notɪs〕v. 注意　　missing〔'mɪsɪŋ〕adj. 遺漏的
credit card 信用卡　　company〔'kʌmpənɪ〕n. 公司
confirm〔kən'fɝm〕v. 確認　　charge〔tʃɑrdʒ〕v. 收費
aware〔ə'wɛr〕adj. 知道的　　matter〔'mætɚ〕n. 事情
follow-up adj. 後續的

191.(**B**) 信中第一段第四行「活絡的」這個字，其字義最貼近下列何者？

    (A) 新鮮的。　　　　　　　(B) <u>強烈的。</u>

    (C) 注意的。　　　　　　　(D) 簡短的。

　＊ fresh〔frɛʃ〕*adj.* 新鮮的　　attentive〔ə'tɛntɪv〕*adj.* 注意的
　　brief〔brif〕*adj.* 簡短的

192.（**B**）歐德斯先生會收到幾本《無限概念》的免費樣書？
　　　　(A) 兩本。　　　　　　　(B) 三本。
　　　　(C) 四本。　　　　　　　(D) 五本。

193.（**D**）下列關於歐德斯先生的敘述中，何者最可能為眞？
　　　　(A) 他其中的一本書已經沒有存貨了。
　　　　(B) 他換到另一家銷售代理商。
　　　　(C) 他的書都很暢銷。
　　　　(D) 他選擇了快捷郵件的選項。
　　　　＊ *out of stock* 無庫存　　switch〔swɪtʃ〕*v.* 更換；改變
　　　　bestseller〔ˌbɛst'sɛlɚ〕*n.* 暢銷書

194.（**A**）根據文章可推測出《最大的財富，最小的努力》這本書？
　　　　(A) 會以 85 折出售給歐德斯先生。
　　　　(B) 是歐德斯先生與魯賓先生合寫的。
　　　　(C) 獲得書評正面的評價。
　　　　(D) 五月三號開始會在特定的商店中販售。
　　　　＊ collaboratively〔kə'læbəˌretɪvlɪ〕*adv.* 合作地；協作地
　　　　positive〔'pɑzətɪv〕*adj.* 正面的　　*book critic* 書評
　　　　select〔sə'sɛkt〕*adj.* 挑選的；精選的

195.（**D**）可從內文中推測出關於客服部門的何種資訊？
　　　　(A) 由葛蘭先生管理。
　　　　(B) 不負責處理送貨問題。
　　　　(C) 位在經陸路公園。
　　　　(D) 周末沒有營業。
　　　　＊ *deal with* 處理　　issue〔'ɪʃju〕*n.* 問題；議題
　　　　operate〔'ɑpəˌret〕*v.* 運作

根據以下的電子郵件與報告，回答第 196 至 200 題。

寄件者：	dee_lochirco@scoville-prentiss.com
收件者：	walker@tcbdistribution.com
回覆：	報告
日期：	十二月十七日

愛德華：

我剛落地在阿布奎基，我人在機場等候。不出所料，航空公司把我的托運行李弄丟了，不幸的是會影響我們明天的會議安排。雖然我的多媒體簡報在我筆記型電腦的硬碟，也就是在我的隨身行李裡面，但是你需要看到的化妝品樣品在我不見的行李之中。航空公司說，行李箱最晚會在後天之前送到我的飯店，所以我現在狀況很尷尬。有沒有辦法把明天的展示延到這週晚一點的時間？請讓我知道狀況。

誠摯地，
迪伊羅・希爾科

** presentation〔͵prɛznˋteʃən〕*n.* 簡報　　land〔lænd〕*v.* 落地
Albuquerque〔ˋælbəkɝkı〕*n.* 阿布奎基【位於美國新墨西哥州中部】
airport〔ˋɛr͵port〕*n.* 機場
predictably〔prıˋdıktəblı〕*adv.* 不出所料地；如預期地
checked〔tʃɛkt〕*adj.* 託運的　　luggage〔ˋlʌgıdʒ〕*n.* 行李
affect〔əˋfɛkt〕*v.* 影響　　arrangement〔əˋrendʒmənt〕*n.* 安排
multimedia〔͵mʌltıˋmidıə〕*n. pl.* 多媒體
hard drive 硬碟　　laptop〔ˋlæp͵tap〕*n.* 筆電
carry-on〔ˋkærıˋan〕*n.* 隨身行李
cosmetic〔kazˋmɛtık〕*adj.* 化妝品的　　product〔ˋpradəkt〕*n.* 產品
sample〔ˋsæmpl〕*n.* 樣品　　missing〔ˋmısıŋ〕*adj.* 遺失的
airline〔ˋɛr͵laın〕*n.* 航空公司　　suitcase〔ˋsut͵kes〕*n.* 行李箱
the day after tomorrow 後天　　***tough spot*** 窘境
postpone〔postˋpon〕*v.* 延後　　sincerely〔sınˋsırlı〕*adv.* 誠摯地
demonstration〔͵dɛmənˋstreʃən〕*n.* 展示

財產尋回報告

請接受我們的道歉，因對您行李處理不當而造成的不便。我們會使用您所提供的資訊，儘快追蹤並找回您的個人物品。

為了加速流程，請提供個別包包的敘述以及詳細的內容物清單。

報告號碼	PRR121716
乘客	迪伊羅・希爾科
電子郵件地址	dee_lochirco@scoville-prentiss.com
住家地址	科羅拉多州 80303 波德市 切羅基西路 5400 號
暫時地址	頂級西格蘭德河套房
（若必要）	NM 87104 阿布奎基 格蘭德河大道 NW，1015 號

航班編號	日期	出發城市	抵達城市	備註
7J311	十二月十六日	西雅圖	丹佛	
7J313	十二月十七日	丹佛	阿布奎基	

包包種類	顏色	製造商／型號
大型滾輪行李廂	黑色	克羅斯比

數量	描述	價值
1	各式化妝品	$150.00
1	提康 DL-90 數位相機	$500.00
1	充電線	$50.00
1	羅尼遠景攜帶式投影機	$1,500.00
1	無線藍芽擴音器	$200.00
1	旅遊指南	$15.00
1	各種衣服（褲子、襯衫、鞋子等等）	$800.00

** property〔'prɑpətɪ〕n. 財產　　recovery〔rɪ'kʌvərɪ〕n. 尋回
accept〔ək'sɛpt〕v. 接受　　apology〔ə'pɑlədʒɪ〕n. 道歉
inconvenience〔ˌɪnkən'vinjəns〕n. 不便　　cause〔kɔz〕v. 導致
mishand〔mɪs'hænd〕v. 不當處理　　baggage〔'bægɪdʒ〕n. 行李
information〔ˌɪnfə'meʃən〕n. 資訊　　provide〔prə'vaɪd〕v. 提供
track〔træk〕v. 追蹤　　belongings〔bə'lɔŋɪŋz〕n. pl. 所有物
expedite〔'ɛkspɪˌdaɪt〕v. 加快　　*along with* 以及
detailed〔dɪ'teld〕adj. 詳細的　　content〔'kɑntənt〕n. 內容物
temporary〔'tɛmpəˌrɛrɪ〕adj. 臨時的
Boulder〔'boldə〕n. 波德【美國科羅拉多州下屬的一座城市】
Seattle〔ˌsi'ætl〕n. 西雅圖【美國華盛頓州金郡下屬的一座城市】
Denver〔'dɛnvə〕n. 丹佛【美國科羅拉多州的最大城市和首府】
if required 若有必要　　*flight number* 航班號碼
comment〔'kɑmɛnt〕n. 回應；評論
manufacturer〔ˌmænjə'fæktʃərə〕n. 製造商
roller〔'rolə〕n. 滾輪　　various〔'vɛrɪəs〕adj. 各式的
digital camera 數位相機　　*charging cable* 充電線
portable〔'pɔrtəbl〕adj. 攜帶式
projector〔prə'dʒɛktə〕n. 投影機
speaker〔'spɪkə〕n. 擴音器　　*travel guide* 旅遊指南

寄件者：	propertyrecovery@aerostar.com
收件者：	dee_lochirco@scoville-prentiss.com
回　覆：	認領號碼 PRR121716
日　期：	十二月十八日

乘客您好：

本信件為通知您，我們找到了您的行李。將會送達您提供的暫時地址。

預計運送日期為十二月十九日，早上七點至中午十二點

感謝你的諒解。

祝好，

天星航空公司

** inform〔ɪnˈfɔrm〕*v.* 通知　　indicate〔ˈɪndəˌket〕*v.* 表示；指出
estimate〔ˈɛstəˌmet〕*v.* 預計
understanding〔ˌʌndəˈstændɪŋ〕*n.* 諒解

196. (**D**) 從羅・希爾科女士的信中，可得知關於多媒體簡報的何種資訊？
　　　(A) 透過電子郵件寄送。　　　　(B) 需要縮短。
　　　(C) 被弄丟了。　　　　　　　　(D) 已經準備好了。
　　　* shorten〔ˈʃɔrtṇ〕*v.* 簡短；變短

197. (**A**) 羅・希爾科女士要求愛德華做什麼？
　　　(A) 重新安排會議的時間。　　　(B) 去機場接她。
　　　(C) 載她到飯店。　　　　　　　(D) 準備產品的樣品。
　　　* reschedule〔reˈskɛdʒʊl〕*v.* 重新安排…的時間

198. (**C**) 羅・希爾科女士想要簡報的內容是關於？
　　　(A) 書籍。　　　　　　　　　　(B) 服飾。
　　　(C) 化妝品。　　　　　　　　　(D) 電子產品。
　　　* electronics〔ɪˌlɛkˈtrɑnɪks〕*n. pl.* 電子產品

199. (**A**) 在報告中第一段第二行「追蹤」的字義最貼近下列何者？
　　　(A) 追蹤。　　　　　　　　　　(B) 複製。
　　　(C) 紀錄。　　　　　　　　　　(D) 描繪。
　　　* trace〔tres〕*v.* 追蹤　　copy〔ˈkɑpɪ〕*v.* 複製
　　　record〔rɪˈkɔrd〕*v.* 記錄

200. (**B**) 物品將寄送至何處？
　　　(A) 西雅圖。　　　　　　　　　(B) 阿布奎基。
　　　(C) 波德。　　　　　　　　　　(D) 丹佛。

New TOEIC Speaking Test 詳解

Question 1: Read a Text Aloud

 題目解說 （ Track 2-06 ）

> 美國仍未確認是否興建高速鐵路系統，但若拍板定案，身兼藝術家與社運人士的艾佛德・吳早就想好該怎麼規劃這些鐵路。在歐巴馬總統還未透露他興建高速鐵路系統的計畫時，吳從 2009 年開始就已經在研擬這份路線圖了。

** ***high-speed rail system*** 高速鐵路系統　　build〔bɪld〕*v.* 建造
up in the air 尚未確認　　artist〔ˋartɪst〕*n.* 藝術家
activist〔ˋæktəvɪst〕*n.* 行動主義者；活動分子　　***figure out*** 想出
speedy〔ˋspidɪ〕*adj.* 快速的　　***rail line*** 線路
work on 研擬；致力於　　map〔mæp〕*n.* 地圖
president〔ˋprɛzədənt〕*n.* 總統；主席　　unveil〔ʌnˋvel〕*v.* 顯露

Question 2: Read a Text Aloud

 題目解說 （ Track 2-06 ）

> 感謝您近期使用本信用卡的線上付款排程。您於 2017 年 4 月 7 日消費的金額 $100.00，將會入帳於您末四碼為 9226 的帳戶中。如有疑義，請撥打您信用卡背面的客服專線，並再次感謝使用本線上付款服務。

** schedule〔ˋskedʒul〕*v.* 排程　　recent〔ˋrisn̩t〕*adj.* 近期；現在
credit card 信用卡　　payment〔ˋpemənt〕*n.* 付款
online〔ˋɑnˌlaɪn〕*adj.* 線上的　　amount〔əˋmaunt〕*n.* 總額；總量
post〔post〕*v.* 入賬　　account〔əˋkaunt〕*n.* 帳戶
question〔ˋkwɛstʃən〕*n.* 問題；疑問　　***customer service*** 客服

Question 3: Describe a Picture

 必背答題範例

 中文翻譯　（ Track 2-06 ）

這是一張巴黎夜景的圖片。

巴黎是國際中最具辨識度的城市之一。

是世界上首屈一指的觀光景點。

這張圖片的中心是艾菲爾鐵塔。

也是一個具代表性的地標。

如同巴黎一樣，大家一眼就能認出這是什麼。

這座鐵塔明亮地照耀著。

景觀優美。

我很確定在拍這張相片的同時，有成千的遊客

也在此處。

天空上有著下弦月。

正好懸掛在艾菲爾鐵塔的左側。

是多麼美好的夜晚啊！

塔下的廣場也燈火通明。

前景還有一列噴泉。

塞納河流淌在廣場兩段的中間。

遠處可見巴黎的其餘部分。

這真的是一座非常棒的城市。

而且巴黎也沒有太多的摩天高樓。

** ————————————————

picture〔'pɪktʃə〕n. 圖片　　Pairs〔'pærɪs〕n. 巴黎

recognizable〔'rɛkəg,naɪzəbḷ〕adj. 可指認的；具辨識度的

city〔'sɪtɪ〕n. 城市　　***tourist destination*** 觀光景點

on the planet 在地球上　　focus〔'fokəs〕n. 焦點；中心

Eiffel Tower 艾菲爾鐵塔　　iconic〔aɪ'kɑnɪk〕adj. 代表性的

landmark〔'lænd,mɑrk〕n. 地標

brightly〔'braɪtlɪ〕adv. 明亮地

lit〔lɪt〕v. 點亮【light 過去分詞】　　sight〔saɪt〕n. 景觀

thousands of 成千的　　tourists〔'turɪst〕n. 遊客

waning moon 下弦月　　hang〔hæŋ〕v. 懸掛

lovely〔'lʌvlɪ〕adj. 可愛的　　plaza〔'plæzə〕n. 廣場

a series of 一系列的　　fountain〔'fauntṇ〕n. 噴水池

foreground〔'for,graund〕n. 前景

River Seine 塞納河　　flow〔flo〕v. 流動

section〔'sɛkʃən〕n. 部分　　***in the distance*** 遠處

rest〔rɛst〕n. 剩餘　　fantastic〔fæn'tæstɪk〕adj. 極好的

skyscraper〔'skaɪ,skrepə〕n. 摩天高樓

Questions 4-6: Respond to Questions

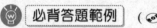 必背答題範例　　（ Track 2-06 ）

想像你正在參與一項關於感情的研究。你同意在電話訪問中回答某些問題。

Q4: 你現在是否有交往中的對象？

A4: 是的，我有。

　　我已經結婚了。

　　我老婆的名字叫珍妮絲。

Q5: 你曾與人交往過最長的時間是多久？

A5: 五年。

那是在遇見我太太以前。

我們已經結婚三年了。

Q6: 你對於感情的承諾或參與的程度為何？

A6: 嗯，我已經結婚了。

這意味著全然的承諾。

這就是婚姻的意義嘛。

此外，我們有一個小孩。

因此我會說我們親密的程度勝過於沒有小孩的伴侶。

家庭永遠是最優先的。

雖然我跟家人很親密，但我還是有其他的興趣。

我不時會跟朋友出去晃晃。

我也蠻喜歡音樂的。

**

imagine〔ɪˈmædʒɪn〕v. 想像

participate〔pɑrˈtɪsəˌpet〕v. 參加　research〔ˈrɪsɜtʃ〕n. 研究

relationship〔rɪˈleʃənˌʃɪp〕n. 關係

telephone interview 電話訪問

currently〔ˈkɜəntlɪ〕adv. 現在　　*in a relationship* 交往中

level〔ˈlɛvḷ〕n. 程度　commitment〔kəˈmɪtmənt〕n. 承諾

involve〔ɪnˈvɑlv〕v. 參與；涉入

married〔ˈmærɪd〕adj. 已婚的　　wife〔waɪf〕n. 妻子

marriage〔ˈmærɪdʒ〕n. 婚姻　　mean〔min〕v. 意義

plus〔plʌs〕adv. 此外　　kid〔kɪd〕n. 小孩

childless〔ˈtʃaɪldlɪs〕adj. 沒有小孩的

couple〔ˈkʌpḷ〕n. 伴侶　　interest〔ˈɪntrɪst〕n. 興趣

hang out 閒晃；鬼混　　*on occasion* 不時；偶爾

Questions 7-9: Respond to Questions Using Information Provided

 題目解說

【中文翻譯】

> **大印第安納波利斯的屋主跟企業主請看過來！**
>
> 　　當您發現一間餐廳在擦拭玻璃杯時，只會擦拭客人用過的杯口，那您還會常去那間餐廳嗎？真噁心，對吧？為什麼要接受這種忽略了清潔的服務——尤其是那種只做局部清理的地方？但是你可以對**清潔艾琳**有更多的期待——期待家中或是公司獲得像是被形容成「一絲不苟」般的清潔。**清潔艾琳**在清理專業上擁有超過 20 年的經驗。我們的自信來自於許多客戶好多年來始終信賴我們的事實。當您看到有許多的老客戶一再出現，就可以了解到我們的好口碑！舉起你的電話並為自己撥打 **595-9199**。只要提到企業或是居家清潔，您可以信任**清潔艾琳**始終如一、準時抵達且不畏任何挑戰。今天速撥**清潔艾琳**的專線 595-9199，我們收費合理、品質保證且信譽良好！

> 　　哈囉，我是洛基。想請問是清潔艾琳嗎？你是否可以回答我幾個問題呢？

** ***Greater Indianapolis*** 大印第安納波利斯　　***business owner*** 企業主
attention〔əˋtɛnʃən〕*n.* 注意　　frequent〔frɪˋkwɛnt〕*v.* 常去
rim〔rɪm〕*n.* 邊緣　　customer〔ˋkʌstəmɚ〕*n.* 顧客
disgusting〔dɪsˋgʌstɪŋ〕*adj.* 噁心的　　accept〔əkˋsɛpt〕*v.* 接受
service〔ˋsɝvɪs〕*n.* 服務　　expect〔ɪkˋspɛkt〕*v.* 期待
receive〔rɪˋsiv〕*v.* 獲得　　describe〔dɪˋskraɪb〕*v.* 形容

meticulous〔mə'tıkjələs〕*adj.* 一絲不苟的
experience〔ık'spırıəns〕*n.* 經驗
perfection〔pə'fɛkʃən〕*n.* 完美　　***due to*** 由於
trust〔trʌst〕*v.* 信任　　repeat〔rı'pit〕*adj.* 重複的
pick up 拾起　　***When it comes to*** 當提及
residence〔'rɛzədəns〕*n.* 住所
consistent〔kən'sıstənt〕*adj.* 一致的　　***on time*** 準時
challenge〔'tʃælındʒ〕*n.* 挑戰　　bond〔bɑnd〕*v.* 以…擔保
insure〔ın'ʃur〕*v.* 爲…保證　　back〔bæk〕*v.* 支撐
stellar〔'stɛlə〕*adj.* 恆星的；顯著的
reference〔'rɛfərəns〕*n.* 證明；推薦（人）
mind〔maınd〕*v.* 介意

必背答題範例　　(🎧 **Track 2-06**)

Q7: 清潔艾琳在業界裡待多久了？

A7: 我們在業界有超過 20 年的經驗。

　　許多顧客在這十年多來一直支持我們。

　　因此我們的客源都主要來自於老客戶。

Q8: 清潔艾琳可清潔的項目有什麼？

A8: 只要是需要清潔的東西，我們都包辦。

　　我們有許多顧客都是屋主。

　　也爲一些本地的企業提供清潔服務。

Q9: 我可以對清潔艾琳的服務抱持什麼期待？

A9: 您可期待家中或是公司獲得像是被形容成「一絲不苟」般的
　　清潔。

　　清潔艾琳追求清潔的卓越。

　　許多顧客數年來都始終信賴我們。

當您看到有許多的老客戶一再出現，就可以了解到我們的好口碑！

您可以信任清潔艾琳始終如一。

我們準時抵達，我們也準備好迎接任何挑戰。

我們對清潔懷抱熱情。

我們不只是擅長清潔，而是天生就是清潔的料。

最後，我們收費合理、品質保證且信譽良好！

** ───────────

majority〔 məˋdʒɑrətɪ〕 *n.* 多數
homeowner〔ˋhom͵onɚ〕 *n.* 屋主　　local〔ˋlokḷ〕 *adj.* 當地的
demand〔 dɪˋmænd〕 *v.* 要求　　***take on*** 承擔；接受
passion〔ˋpæʃən〕 *n.* 熱情　　finally〔ˋfaɪnḷɪ〕 *adv.* 最後地

Question 10: Propose a Solution

 題目解說

【語音留言】

> 　　我開的是一輛里程數大約有 14 萬英里的別克尊爵。剛剛開車的時候出現了一些熄火的問題，有時候是發生在加速時，但大都是在怠速的途中才熄火。如果在駕駛的發生什麼狀況，只要我小催油門就不會熄火，但若是我什麼都不做的話，就會在怠速的時候熄火。此外，當我試著要重新發車的時候，通常要等大約五分鐘引擎才會啓動。但感覺汽油好像沒有流入引擎的樣子，你知道爲什麼會出現這種狀況嗎？

** ***Buick Regal*** 別克尊爵　　mile〔 maɪl〕 *n.* 英哩
problem〔ˋprɑbləm〕 *n.* 問題　　stall〔 stɔl〕 *v.* 熄火

occasionally〔ə'keʒənḷɪ〕*adv.* 有時候
accelerate〔æk'sɛlə,ret〕*v.* 加速
mainly〔'menlɪ〕*adv.* 主要地
idle〔'aɪdḷ〕*v.* 怠速；空轉　　gas〔gæs〕*n.* 汽油
crank back up 重新發車　　engine〔'ɛndʒɪn〕*n.* 引擎
turn〔tɝn〕*v.* 發動　　cause〔kɔz〕*v.* 導致

 必背答題範例　（ Track 2-06 ）

中文翻譯

嗨，這邊是兀鷹汽車維修的杰夫。
我了解您的愛車目前出現了熄火的狀況。
您可以安排預約進行車輛檢查。
或是我也可以先給您幾點建議。

引擎一般需要點火、燃油以及壓縮後才能啓動。
我們必須要確認這些流程。
經過檢測各個基本事項之後，才能排解出肇因。

首先，請先用跳火量規測試您的火星塞。
如果火花沒出現，請確認線圈的正極端是否有接上電
源。
如果電源供應良好，你則需要更換火星塞。

接著，請打開化油器。
浮子室內應該要看不到任何殘留的燃油。
如果出現殘油，那就表示您的愛車溢油了——也就是漏
出過多的燃油。
請調整阻風門來減少燃油的流量。

最後，如果火星塞跟化油器看起來都正常，那就有可能
是燃油噴射器本身的問題。

噴射器偶爾會損壞，因此需要更換。

這是 2001 年的尊爵常出現的通案。

希望我有解決到您的問題。

如果需要更多的協助，可將您的愛車帶來本廠。

當然您也可以隨時撥打 343-0099 來聯繫我。

** ————————————

condor（ˈkɑndə ）n. 兀鷹　　***auto solutions*** 汽車修護（廠）

understand（ˌʌndəˈstænd）v. 理解

schedule（ˈskɛdʒul）v. 安排

appointment（əˈpɔɪntmənt）n. 預約

suggest（səgˈdʒɛst）v. 建議　　require（rɪˈkwaɪr）v. 需要

spark（spark）n. 點火　　fuel（ˈfjuəl）n. 燃料

compression（kəmˈprɛʃən）n. 壓縮

basics（ˈbesɪks）n. pl. 基礎；原理　　test（tɛst）測試

isolate（ˈaɪsḷˌet）v. 排除；獨立　　cause（koz）n. 肇因

spark plug 火星塞　　***spark tester*** 跳火量規

power supply 電源　　positive（ˈpɑzətɪv）adj. 正極

terminal（ˈtɜmɪnḷ）n. 電極　　coil（kɔɪl）n. 線圈

carburetor（ˈkɑrbəˌretə）n. 化油器

remain（rɪˈmen）v. 維持　　***float bow*** 浮子室

flood（flʌd）v. 滿溢　　adjust（əˈdʒʌst）v. 調整

choke（tʃok）n. 阻風門　　reduce（rɪˈdus）v. 減少

probably（ˈprɑbəblɪ）adv. 可能地

fuel injector 燃油噴射氣　　replace（rɪˈples）v. 更換；取代

common issue 通案　　assistance（əˈsɪstəns）n. 協助

Question 11: Express an Opinion

 題目解說

> 　　你認為對於人類的生存來說，太空探險究竟是否必要？請說明支持你意見的原因。

** space〔spes〕*n.* 太空　　exploration〔͵ɛksplə'reʃən〕*n.* 探索
necessary〔'nɛsə͵sɛrɪ〕*adj.* 必要的
survival〔sə'vaɪvḷ〕*n.* 生存
mankind〔mæn'kaɪnd〕*n.* 人類　　support〔sə'pɔrt〕*v.* 支持
opinion〔ə'pɪnjən〕*n.* 意見

 必背答題範例　　（ ☺ Track 2-06 ）

 中文翻譯

　　我很支持這樣的想法，想要探索是人類天性的一部份。
　　我們天生渴望著理解自己所居住的世界。
　　太空探索正是這種需求的合理延伸。

　　探索之所以重要，是因為提供了科學與科技得以進步的機會。
　　例如在像是通訊或遙測等領域上，就能夠造福世人。
　　因此，太空科技成為了人們日常生活中不可或缺的一環。

　　例如，行動科技就仰賴著衛星通訊的發展。
　　衛星也能用來監控地球的氣候與海洋環流的變化，可以運用在天氣預報、航海空的導航或是軍事偵測上。
　　太空計畫也提供給不同國家合作的機會。

現在有許多政府都投入於太空科技的發展之上。

在不久的將來，也會有其他國家跟進。

美國若能在太空科技的發展突破上維持領導的地位，將攸

關到我們的國家利益；這會確保太空探索的和平局勢。

當初哥倫布想要西航的時時，被認為是徒勞無功。

最終人們才了解到是他改變了人類歷史的航向。

太空探險也受到一樣的批評，因為有許多人認為根本毫無

意義。

可能要到未來，人們才能領會這可為社會帶來多深遠的影

響。

有誰知道令人難以置信的發現可能就近在咫尺？

有誰知道太空探索能帶來多少深具革命性的新科技？

** ——————————————————

part of 部分　　***human beings*** 人類

explore〔ɪkˈsplor〕*v.* 探索　　natural〔ˈnætʃərəl〕*adj.* 天然的

desire〔dɪˈzaɪr〕*n.* 渴望　　understand〔ˌʌndəˈstænd〕*v.* 理解

logical〔ˈlɑdʒɪkḷ〕*adj.* 合理的　　extension〔ɪkˈstɛnʃən〕*n.* 延伸

space exploration 太空探索　　need〔nid〕*adv.* 需求

important〔ɪmˈpɔrtṇt〕*adj.* 重要的

provide〔prəˈvaɪd〕*n.* 提供

opportunity〔ˌɑpəˈtjunɛtɪ〕*n.* 機會

advancement〔ədˈvænsmənt〕*n.* 進步

science〔ˈsaɪəns〕*adj.* 科學

technology〔tɛkˈnɑlədʒɪ〕*n.* 科技　　benefit〔ˈbɛnəfɪt〕*v.* 利益

humankind〔ˈhjumənˌkaɪnd〕*n.* 人類

communication〔kəˌmjunəˈkeʃən〕*n.* 通訊

remote sensing 遙測　　therefore〔ˈðɛrˌfor〕*adv.* 因此

integral〔ˈɪntəgrəl〕*adj.* 不可或缺的

cellular technology 行動科技　***for example*** 例如

dependent〔dɪˈpɛndənt〕*adj.* 依賴的

satellite〔ˈsætḷˌaɪt〕*n.* 衛星

monitor〔ˈmɑnətɚ〕*v.* 監控　climate〔ˈklaɪmɪt〕*n.* 氣候

ocean circulation 海洋環流　***weather forecasting*** 天氣預報

aviation〔ˌevɪˈeʃən〕*n.* 航空　marine〔məˈrɪn〕*adj.* 海洋的

navigation〔ˌnævəˈgeʃən〕*n.* 導航

military〔ˈmɪləˌtɛrɪ〕*adj.* 軍事的

reconnaissance〔rɪˈkɑnəsəns〕*n.* 偵測

nation〔ˈneʃən〕*adj.* 國家

currently〔ˈkɝəntlɪ〕*adv.* 現在　involve〔ɪnˈvɑlv〕*v.* 捲入

development〔dɪˈvɛləpmənt〕*n.* 發展

in the near future 在不久的將來

vital〔ˈvaɪtḷ〕*adj.* 極其重要的　***national interest*** 國家利益

United States〔juˈnaɪtɪd stetz〕*n.* 美國

remain〔rɪˈmen〕*v.* 維持　leader〔ˈlidɚ〕*n.* 領導者

insure〔ɪnˈʃur〕*v.* 確保　peaceful〔ˈpɪsfʊl〕*adj.* 和平的

Christopher Columbus 克里斯多福‧哥倫布

sail〔sel〕*n.* 航行　consider〔kənˈsɪdɚ〕*v.* 認為

fool's errand 徒勞無功　eventually〔ɪˈvɛntʃuəlɪ〕*adv.* 最後

realize〔ˈrɪəlaɪz〕*n.* 了解　transform〔trænsˈfɔrm〕*v.* 改變

course〔kɔrs〕*n.* 航向；航線　similar〔ˈsɪmɪlɚ〕*adj.* 相同的

inasmuch as 因為　futile〔ˈfjutḷ〕*adj.* 無益的

appreciate〔əˈpriʃɪˌet〕*v.* 體會　impact〔ˈɪmpækt〕*v.* 影響

incredible〔ɪnˈkrɛdəbḷ〕*adj.* 難以置信的

discovery〔dɪˈskʌvərɪ〕*v.* 發現

around the corner 即將來臨

revolutionary〔ˌrɛvəˈluʃənˌɛrɪ〕*adj.* 革命性的

as a result of 由於

New TOEIC Writing Test 詳解

Questions 1-5: Write a Sentence Based on a Picture

答題範例

A1: The girl is looking out the window.
女孩正往窗戶外面看。

A2: Some spectators are watching a fireworks display at a sporting event.
有些觀眾正在運動競賽觀看煙火表演。

A3: The swimmer is in the middle of the lane.
游泳者正在水道的中間。

A4: The cargo ship is sailing across the ocean.
貨船正航行海洋。

A5: The students are holding some books.
學生們正拿著一些書。

** ——————————————————————————

spectator〔ˋspɛktetɚ〕*n.* 觀眾　　***fireworks display*** 煙火表演
sporting event 運動競賽　　***in the middle of*** 在…中間
lane〔len〕*n.* 巷子；水道　　cargo〔ˋkɑrgo〕*n.* 貨物

Questions 6-7: Respond to a Written Request

➤ Question 6:

題目翻譯

說　明：閱讀以下電子郵件。

寄件者：	朗・拉許
日　期：	3 月 17 號（星期二）
收件者：	全體職員

嘿，大家好，如果你有計畫要在四月提出休假申請的話，請記得要讓我知道。時段有限，所以請回覆我越快越好。

感謝，
朗

說明：以公司雇員的身份寫信給朗。你沒有要在四月提出休假申請的意願，但想知道有無在五月休假的可行性。

** staff〔stæf〕*n.* 職員　　plan〔plæn〕*v.* 計畫
submit〔səb'mɪt〕*v.* 提出　　vacation〔ve'keʃən〕*n.* 假期
request〔rɪ'kwɛst〕*n.* 申請　　slot〔slɑt〕*n.* 時段
ASAP 越快越好（= *As Soon As Possible*）
employee〔ˌɛmplɔ'ɪ〕*n.* 雇員　　company〔'kʌmpənɪ〕*n.* 公司
reply〔rɪ'plaɪ〕*v.* 回覆　　curious〔'kjʊrɪəs〕*adj.* 好奇的
availability〔əˌvelə'bɪlətɪ〕*n.* 可得性；可行性

✍ 答題範例

> 朗：
>
> 針對你郵件中的詢問，我四月沒有要提出申請的打算。
> 但我想說要在五月休假兩個星期。就可行性來說，下個
> 月份休假的狀況怎麼樣？不知道我能不能現在就提出
> 申請？預先感謝你的回覆。
>
> 感謝，
> 莎莉

** ***in response to*** 回應　　***think about*** 思考
off〔ɔf〕*adj.* 休假的　　shape〔ʃep〕*v.* 成形；形成
in terms of 就…方面來說
wonder〔'wʌndɚ〕*v.* 想知道
feedback〔'fid,bæk〕*n.* 回覆
appreciate〔ə'priʃɪ,et〕*v.* 感激

> **Question 7:**

題目翻譯

説　明：閱讀以下電子郵件。

寄件人：	吉米·卡爾·布萊克
日　期：	1 月 6 日（星期日）
收件人：	阿袂·砸帕
主　旨：	工作室

阿袂：

我想請教是否能預約十月前兩周的工作室時段？
我想在你的工作室錄音。

JCB 敬上

説明：請以阿袂的身分回信拒絕吉米·卡爾·布萊克的預
　　　約，並提出一個理由。

** subject〔'sʌbʒɪkt〕*n.* 主旨　　wonder〔'wʌndɚ〕*v.* 想知道
possible〔'pɑsəbḷ〕*adj.* 可能的　　book〔bʊk〕*v.* 預定
studio〔'stjudɪ,o〕*n.* 工作室；錄音室
during〔'djʊrɪŋ〕*prep.* 在…期間　　record〔rɪ'kɔrd〕*v.* 錄音
reply〔rɪ'plaɪ〕*v.* 回覆　　deny〔dɪ'naɪ〕*v.* 否認；否決
request〔rɪ'kwɛst〕*n.* 要求

答題範例

> JCB：
>
> 嘿老兄，很開心能收到你的訊息！我幾天前也才正好想到
> 你。希望你過得不錯。但很不巧地，工作室整個十月都已
> 經被傑斯預定了。他要求包場，所以我這邊也沒有彈性能
> 調整。或許你可以改變你的時程？要的話再讓我知道。
>
> 阿訣

however〔hau'ɛvɚ〕*adv.* 然而
unfortunately〔ʌn'fɔrtʃənɪtlɪ〕*adv.* 不湊巧地
entire〔ɪn'taɪr〕*adj.* 整個的
complete〔kəm'plit〕*adj.* 完全的　　lockout〔'lɑkˌaʊt〕*n.* 清場
flexibility〔ˌflɛksə'bɪlətɪ〕*n.* 彈性　　end〔ɛnd〕*n.* 端點；方面

Question 8: Write an Opinion Essay

題目翻譯

> 有人說生命中唯二必然的事就是「死亡和繳稅」。你還有
> 想到自己的人生有什麼其他必定會發生的事件嗎？

** sure〔ʃʊr〕*adj.* 確定的　　death〔dɛθ〕*n.* 死亡
tax〔tæks〕*n.* 稅　　inevitable〔ɪn'ɛvɪtəbl̩〕*adj.* 必然的
event〔ɪ'vɛnt〕*n.* 事件

答題範例

　　我認為會有人生不公平的感受，也是生命中的一種必然。在某些時候，我相信人生似乎不公，是因為絕大多數的時候，你沒有獲得自己想要的事物，或是有時事情的走向總是不能如你所願。

** believe〔bə'liv〕v. 相信
feeling〔'filɪŋ〕n. 感受　　life〔laɪf〕n. 人生
fair〔fɛr〕adj. 公平的　　***at some point*** 在某些時候
seem〔sim〕v. 似乎　　unfair〔ʌn'fɛr〕adj. 不公平的

　　當我五歲的時候，我的父親被診斷出患了腎衰竭。他被列入了移植名單並馬上開始洗腎。我生命中有很大的一部份是陪伴著生病的父親長大，我也學到了很多事，是有關於腎臟、洗腎或是父親也同樣罹患的糖尿病。腎衰竭外加上我父親併發的第 2 型糖尿病，嚴重地削弱他的免疫系統。

** diagnose〔ˌdaɪəg'noz〕v. 診斷　　kidney〔'kɪdnɪ〕n. 腎臟
kidney failure 腎衰竭　　transplant〔træns'plænt〕v. n. 移植
immediately〔ɪ'midɪɪtlɪ〕adv. 立刻地
dialysis〔daɪ'æləsɪs〕n. 洗腎；透析
ill〔ɪl〕adj. 生病的　　diabetes〔ˌdaɪə'bitɪs〕n. 糖尿病
combination〔ˌkɑmbə'neʃən〕n. 組合　　***on top of*** 加上
weaken〔'wikən〕v. 削弱　　***immune system*** 免疫系統

他在移植名單上排了七年，才在我十二歲的時候接到通知。我還記得自己由於太為他開心了，還因此喜極而泣。開往醫院的路途感覺無比的漫長，但很快，他已經開始動手術了。手術感覺比實際花的時間還要漫長上兩倍，但當結束的時候，一切順利。我的淚水夾雜著喜悅與擔憂，我知道這場手術有多麼重要，我也十分擔心。許多人很幸運地能夠接受移植，他們的身體接納了新器官。但我的父親並未如此幸運。他的身體排斥了腎臟。他病得更加嚴重，並且在我才十四歲的那年過世了。

** ***out of*** 出自於　　excitement〔 ɪn'ebḷ 〕 *n.* 興奮
hospital〔 'hɑspɪtḷ 〕 *n.* 醫院　　***before*** one ***knows it*** 很快
surgery〔 'sɝdʒərɪ 〕 *n.* 手術　　tear〔 tɪr 〕 *n.* 眼淚
joy〔 dʒɔɪ 〕 *n.* 喜悅　　worry〔 'wɝɪ 〕 *n.* 擔憂
concerned〔 kən'sɝnd 〕 *adj.* 擔心的
receive〔 rɪ'siv 〕 *v.* 接受　　***takes to*** （欣然）接納；接受
organ〔 'ɔrgən 〕 *n.* 器官　　reject〔 rɪ'dʒɛkt 〕 *v.* 拒絕；排斥
pass away 過世

　　通常會讓我們覺得人生並不公平的，都只是微不足道的小事。當我父親過世之後，我的人生觀徹底地改變了。與其老是想著人生有多不公平，我學到不如在我所愛之人還在的時候，去愛、去感激他們。人生難以預測、出乎意料，但也正是其美妙之處。

completely〔kəm'plitlɪ〕*adv.* 徹底地

perspective〔pə'spɛktɪv〕*n.* 觀點

instead of 代替；而不是　　***dwell on*** 老是想著；沉湎於

appreciate〔ə'priʃɪ,et〕*v.* 感激

unpredictable〔,ʌnprɪ'dɪktəbḷ〕*adj.* 難以預測的

unexpected〔,ʌnɪk'spɛktɪd〕*adj.* 出乎意料的

beauty〔'bjʊtɪ〕*n.* 美麗

現在回想起來，還有很多事是我希望能跟父親一起做的，但卻未能如願的。我試著不去在意那些錯過的部分，而是專注在我們曾一同度過的美好時光。在如此幼小的年紀失去摯愛，可能會爲你的人生帶來劇烈的影響。有些人用負面的態度來面對死亡，但也有人能藉著死亡來爲自己帶來改變。我不再像從前那樣的自私，也試著不要把每件事當作是理所當然。能當一個健康而快樂的人，就是何其幸運的一件事。

---

focus on 專注在　　***miss out*** 錯過

huge〔hjudʒ〕*adj.* 巨大的　　effect〔ɪ'fɛkt〕*n.* 效果

deal with 處理　　negative〔'nɛgətɪv〕*adj.* 負面的

selfish〔'sɛlfɪʃ〕*adj.* 自私的

take···for granted 把···視爲理所當然

healthy〔'hɛlθɪ〕*adj.* 健康的

新制多益全真模擬試題④教師手冊

主　　　編 / 劉毅

發 行 所 / 學習出版有限公司　　TEL (02) 2704-5525

郵 撥 帳 號 / 05127272 學習出版社帳戶

登 記 證 / 局版台業 2179 號

印 刷 所 / 裕強彩色印刷有限公司

台 北 門 市 / 台北市許昌街 10 號 2 F　　TEL (02) 2331-4060

台灣總經銷 / 紅螞蟻圖書有限公司　　TEL (02) 2795-3656

本公司網址　www.learnbook.com.tw

電 子 郵 件　learnbook@learnbook.com.tw

書 + MP3 一片售價：新台幣一百八十元正

2017 年 11 月 1 日初版